メディアワークス文庫

いらっしゃいませ　下町和菓子　栗丸堂2
聖徳太子の地球儀

似鳥航一

栗田 仁 【くりた じん】

浅草の老舗和菓子屋を継ぐ若き四代目。かつては不良だった時期もある。だが、努力家で子供の頃から技術を叩き込まれていたこともあり、和菓子職人としての腕はかなりのもの。

鳳城 葵 【ほうじょう あおい】

和菓子に詳しい不思議な雰囲気の美人。仇名は和菓子のお嬢様。のんびりした喋り方とは裏腹に芯は強く、和菓子のことになると一歩も引かないところもある。

浅羽 怜 【あさば りょう】

自称、栗田の永遠のライバル。細身で優男だが非常に毒舌。その因縁は小学生の頃から続く、悪友にして幼馴染み。

八神由加 【やがみ ゆか】

栗田や浅羽と同じく下町育ちで、現在は雑誌のライターをしている。情に厚いところがあるが、ちゃっかり調子がいい面も。

マスター

近所の喫茶店のマスター。栗田とは古い付き合いで兄貴的存在。顔が広く、あっと驚くような人脈を持っていたりする。

赤木志保 【あかぎ しほ】

栗丸堂の販売・接客を担当。ちょっときつめの美人で、実際思ったことははきはきと言う性格。威勢のよい江戸っ子気質の女性。

中之条 【なかのじょう】

中学卒業と同時に栗丸堂で働き出した和菓子職人。ちょっと頼りないが、気さくな性格で、栗田を兄貴分として慕っている。

白鷺 敦 【しらさぎ あつし】

伝統ある茶道流派、白鷺流の宗家長男の青年。栗田との関わりで茶の道に向き合えた過去を持つ。

上宮 暁 【うえみや あきら】

かつて葵に匹敵する神童と呼ばれていた元和菓子職人。仇名は和菓子の太子様。今は東京の大学に通っている。

弓野 有 【ゆみの ゆう】

浅草で夢祭菓子舗という和菓子屋を営む青年。一癖ある性格だが、実力はかなりのもの。上宮には頭が上がらない。

目　　次

巡る季節と、折々の情景。

四季の変化に彩られて、時は緩やかに流れていく。

誰かが長年心を寄せてきた風物も、少しずつ様子が移り変わっていく。

だが変わらないものもある。

東京《とうきょう》、浅草《あさくさ》。

下町の人々が行き交うオレンジ通りに、一軒の和菓子屋が密《ひそ》やかに佇《たたず》んでいる。

明治時代から四代続く老舗で、唐茶色の暖簾《のれん》に書かれた文字は、『甘味《かんみ》処《どころ》栗丸堂《くりまるどう》』。

中に入ると、ショーケースに並んだ数々の和菓子があなたを迎えてくれる。

素朴ながらも多様な形と上品な色合いは、あなたの頬をきっと緩ませるだろう。

どんな事情があっても、予想もしない出来事に見舞われても――。

栗丸堂は今日もそこにある。

あなたはこの店で心和む幸せな一時を過ごすかもしれないし、新たな驚きに遭遇するかもしれない。

茶菓子

「居ても立っても居られないって、こういうことを言うんですね。はーっ、どきどきするなぁ」

店の作業場を緊張気味に歩き回る中之条《なかのじょう》の呟《つぶや》きに、栗田仁《くりたじん》は腕組みして応じる。

「落ち着けって。そんなに何度も同じところ行ったり来たりしてても、余計気が焦るだけだろ」

「それはまぁ、そうなんですけどね。わかっててもバレンタインの当日の朝みたいにそわそわして足が止まらないんです。こう、どうにも止まらないーって感じで」

「歌うな。妙な振り付けで踊るな……。いいからもっと自然体で普通に構えてればいいんだよ。そういうことでカロリー使ってると、昼前におなか空いちゃうだろ」

態度こそ対照的だが、ふたりとも仕事着の白衣と和帽子がぱりっとして、様になっている。

栗田はこの和菓子屋兼甘味処、栗丸堂の四代目店主。端整な顔立ちと均整の取れた痩身が印象的な黒髪の青年だ。元不良のせいか、今でも目つきがやや鋭いのが難点といえば難点だが、和菓子に対する姿勢は真摯で、腕も立つ。

中之条は栗田の右腕として製菓を担当する和菓子職人。人懐こい性格で、栗田との付き合いも長く、今では従業員の枠を超えた弟分のような存在である。

そんな栗田と中之条は今、栗丸堂の奥にある馴染《なじ》みの場所にいた。

小豆の香りが仄《ほの》かに漂う、和菓子作りの作業場だ。

室内の中央に渋い銀色に光るステンレスの作業台があり、正面の壁際には業務用の冷蔵庫。棚には鍋やふるいといった製菓道具が整然と並んでおり、側面にある二槽式の流し台や餅つき機は丁寧によく手入れされている。

物心ついたときから入り浸ってきた栗田にとって、ここは日本有数の心落ち着く空間だ。

だが中之条の方は、相変わらず気忙《きぜわ》しく作業場をうろうろしている。

「ったく、まぁ気持ちはわかるけどな。しかし、ここまでマジで長かった——」

栗田は感慨を込めて大きく息を吐く。

先日のこと、近年稀《まれ》に見る大型台風が東京を襲った。もちろん浅草も例に漏れず、なんと栗丸堂には強風で飛ばされた呉服店の看板が入口から飛び込んできた。

おかげで店の正面は滅茶苦茶《めちゃくちゃ》。作業場こそ無事だったが、開店できるような状態ではなくなってしまい、修繕工事のために長らく休業していたのだった。

そして今は十一月。

冬の足音が聞こえ始めた晩秋になり、ようやく工事も完了する。浅草でも指折りの腕利き職人たちが尽力してくれたこともあって、栗丸堂は元の姿を取り戻した。

そんなこんなで、今日は待ちに待った営業再開の初日だったのだが――。

「でも栗さん、ほんとに大丈夫なんでしょうか？」

中之条が不安そうな顔を向けてくる。

「大丈夫ってなにが？」

「やだな、わかってるくせに。こういう可能性はないでしょうか？　なにかの手違いで、みんな今日から店が開いてることを知らないとか」

「ん」

栗田は形のいい眉をひそめる。

じつのところ中之条の心配はもっともで、開店時間はとうに過ぎているのに、まだ来客が皆無なのだった。正直、栗田も多少気になってはいたが、自分に言い聞かせるように毅然《きぜん》と口にする。

「心配すんな。ちゃんと告知はしたし、広告も出してる。栗丸堂、今日からばりばりやりますってな。お客さんはまだちょっとのんびりしてるだけなんだよ」

「そうだといいんですが」

中之条が小首を傾《かし》げて続けた。

「他はともかく、栗さん、アピールだけはド下手だからなぁ……。宣伝活動もいつものノリで、ぶっきらぼうにやっちゃったんじゃないですか？　うちは客に媚《こ》びは売らねえ。俺様のルールに従うやつだけ入れてやんよ——みたいな」

「……どんだけオラオラした店主なんだよ。ぎらつきすぎだろ！　俺にそういう過剰に荒ぶったイメージを付加しようとすんの、マジでやめてくんない？」

栗田がじろりと睨《にら》むと、中之条は笑顔ですばやく両手を横に振る。

「ですよねー、ごめんなさい。栗さんって意外と紳士ですもんね！」

「や……。さすがに紳士ではないが」

栗田は思わず気が抜けた。

「俺は浅草で生まれ育った、生粋の下町っ子ってだけなんだよ。まぁいいや。そんなに言うなら、ちょっと様子見てくる」

作業場の暖簾をくぐり、栗田は店側へ足を踏み入れる。

そこは明るく落ち着いた雰囲気のイートインスペース。焦げ茶色のテーブルと木製の椅子が心地いい間隔で並んでいる。栗丸堂では、販売中の和菓子を店内で食べていくこともできるのだ。

台風のせいで一時は滅茶苦茶になってしまったが、丁寧な修繕工事のおかげで現在は、以前とほぼ同じ老舗の佇まい。残念ながら無人ではあるものの、その場は客の到来を待ち望んでいるように栗田には見えた。

顔を横に向けると、磨き抜かれたショーケースがあり、中には多彩な生菓子がずらりと収められている。

豆大福、豆餅、どら焼き、最中《もなか》、季節の上生菓子、その他色々。

作りたての生菓子はほっくりと柔らかく、嚙《か》み締《し》めると甘い小豆の風味が口いっぱいに広がる。どれも丁寧に作った品だ。本当に早く味わってほしいが、いまだに客の気配はなく、その齟齬《そご》が普段は強気な栗田の焦燥感を掻《か》き立《た》てる。

「なんだよ……。俺、マジでなんかやらかしちまったのか？」

閑散とした店内で栗田が眉根を寄せたとき、軽やかに近づいてくる者がいた。

「どうしました、栗田さん？　おなかでも空きましたか？」

そう言ってふわりと微笑《ほほえ》んだのは、可憐《かれん》な物腰の鳳城葵《ほうじょうあおい》。栗田より一歳年上の黒髪の美人だ。一瞬目を奪われて、栗田の不安感もさっと消し飛ぶ。

葵は卓越した製菓の知識を持つ、通称〝和菓子のお嬢様〟。育ちのよさ故か、いつもナチュラルな善意と優しい空気を漂わせているが、いざとなると栗田も舌を巻く芯の強さを見せる。また、思いも寄らない行動で皆を驚かせることもある。

今日の来訪もそのひとつかもしれない。

葵は栗丸堂の店員ではないが、営業再開時には捌《さば》ききれないいくらい多くの客が押しかけるだろうと予想して、親切にも接客の手伝いに来てくれたのだった。

栗丸堂のおめでたい日だということで、今日の葵は珍しく和装。三角巾と袴《はかま》を身につけて、清潔ながらも艶《あで》やかだ。硬派の栗田が思わずそわそわするほど可愛《かわい》い。

そんな彼女が天真爛漫《てんしんらんまん》に柔らかく目を細めて、

「もしも空腹なのでしたら、わたし、間食用に羊羹《ようかん》を持ってきてますけどもー」

そう言って栗田を一瞬、面食らわせた。

「羊羹って――ああ、あのコンビニとかでよく売ってる小さいの？」

「やー、あれはさすがに食べ応えがないので、もっとしっかりボリュームのある羊羹です。習字の硯《すずり》くらいのやつ」

「でかぁ！」

「疲れたときにすばやく食べて、たくさんエネルギーを補給したいですからね」

「お、おう。そりゃいいな……効果抜群だ」

忙しいときの栄養補給のために、ゼリー飲料やシリアルバーを携帯する者はよくいるが、巨大な羊羹を持ち歩く人は滅多にいない。発想の勝利——なのだろうか。

「いかがですか？　栗田さんも羊羹」

「あー……。ありがとな。でも俺、腹が減ってるわけじゃなくてさ」

「そうなんですか？」

「ん。ちょっと店の様子を見に来ただけ。なんだろうな……。久々だから、やっぱりなかなか来てくれねえのな、お客さん。もしかして忘れられてんのかな？」

「まさかー。それは絶対ないですよ。きっと今に大勢来てくれます。ほら、商売繁盛を願って一緒に浅草寺《せんそうじ》にお参りにも行ったじゃないですか」

「ああ——言われてみれば確かに」

栗丸堂の休業中、千客万来を祈願しに、葵と近辺の様々な寺社によく出かけたのだった。ここから近い浅草寺と浅草神社《あさくさじんじゃ》では、とくに何度も手を合わせたものだ。

「のんびり待ちましょうよ。わたしも知人に声をかけておきましたから」

「そうなのか？」

「ええ、マスターさんとか！」

「……マスターは別に来なくてもいいけどな。でも、いつもサンキュ、葵さん」

ふたりはさりげなくも親密な微笑みを交わし、それができるようになった喜びを栗田は嚙み締める。

現在、栗田と葵は交際中だが、じつのところ少し前までは望ましい状態ではなかった。ふたりとも異性との交際経験がなかったため、必要以上に相手を意識し、付き合う前より逆にぎこちない態度になってしまっていたのだ。

それが解消されたのは先日、奈良《なら》へ宿泊旅行に行ってから。

何事もなかったと言えばなかったが、気持ちには明確な変化があった。

お互いに深く信頼し合っているその心境を、わかる形で確認できた——とでも表現すればいいだろうか、確信が持てたというべきか。

進展を無闇に急がなくても、かといって萎縮する必要もない。他人がどうあれ、自分たちは自分たちなりの自然な流れで進んでいけばいい。その思いを共通認識として分かち合えた。それは大きな意味があることだったと栗田は考えている。

そう、最初の障壁はお互いに乗り越えた。この先にはなにが待っているのだろう？

今後について思いを馳《は》せると、栗田の胸には高揚感ともどかしさが入り交じった、不思議な感情が溢れ返る。それに加え、今日の和装の葵がとても可憐だったせいだろう。頭を通さず、気持ちから生まれた言葉がそのまま口をついて出た。

「なあ、葵さん——頼みが……あるんだけど」

「はい？」

葵が不思議そうに栗田に顔を向ける。衝動的に切り出したことに気づいて栗田は赤面するが、この際だから言ってしまおうと思い、すばやく息を吸って続けた。

「じつは俺も着物は持っててさ。よかったら……今度」

「栗田さん？」

「今度、その、俺と——」

恥じらいの気持ちは、なぜ人の言語機能の円滑な働きを阻害するのだろう。栗田が肝心なことを切り出すのに戸惑っていると、横から小気味のいい声がする。

「おいおい、若いね、おふたりさん！　朝から見せつけてくれるねぇ」

見ると赤木志保《あかぎしほ》が、にやにやしながら快活に近づいてくるところだった。反射的に栗田は顔をさっと横に逸《そ》らし、告げようとしていた言葉も彼方《かなた》へ吹き飛ぶ。

志保は浅草生まれで、ちゃきちゃきの江戸っ子の女性だ。姉御肌で面倒見がよく、店では主に接客と販売を担当してくれている。

「別になにも見せつけてねえよ。俺はただ——」

頬を紅潮させた栗田が仏頂面でそんな弁明を始めると、志保は肩をすくめる。

「なんだい、ちょっとからかっただけじゃないか。お互い大人なんだし、好きにすりゃいいだろ。それより、もうじきお客さん来るよ」

「え？」

「外にちらっと見えたんだ。――覚悟しといた方がいい」

「覚悟ってなんの？　おいおい、まさかヤクザ的な人でも来んのか」

「ははっ。そりゃあいい！」

「どこが？　なにが？」

栗田が眉根を寄せた次の瞬間、入口の扉が勢いよく開いた。

「よっしゃー、一番乗り！　調子はどうよ、仁！」

豪快な声とともに来店したのは、半纏《はんてん》と地下足袋《じかたび》を身につけ、白髪頭に捻《ねじ》り鉢巻きをした、五十代の男性――今も現役で人力車を引いている、車夫の吉良《きら》だった。

吉良は栗田の父の代から付き合いがあるお得意様。子供時代の栗田が悪さをすると、よく手痛い拳骨《げんこつ》を見舞ってくれたものだ。長い付き合いだから今でも昔と同様、仁と名前で呼ばれている。

「なんだ吉良さんか。驚いて損した」

「声がでかいのは生まれつきでェ。つーか、そっちこそなんだよ仁。妙にしけたツラしやがって。腹でも減ってんのか？」

あっけらかんとした吉良の物言いに、栗田はつい半眼になって答える。

「今日は皆さん、なにがなんでも俺のこと、食いしんぼキャラにしたいみたいだな。別に腹は減ってねえよ。せっかく営業再開したのに誰も来てくれねえから、もう忘れられちまったのかと思ってブルーになってただけだよ」

「はっ！　らしくねえ。おめェの顔は忘れても、栗丸堂の和菓子の味は忘れねェよ。というわけで志保さん、いつもの豆大福を五つくんな」

「まいどっ！」

にっと笑って志保はショーケースの裏へ向かい、豆大福を紙袋に詰め始める。葵が手伝いに行こうとすると、「それにしても――」と吉良が呼び止めた。

「今日はまた一段と別嬪《べっぴん》さんだねェ、葵の嬢ちゃん」

「えっ？　わたし？」

唐突に褒められた葵がまばたきすると、「他にはいねェよ」と吉良が笑った。

「うんうん、やっぱ美人ってのは着物が似合う。こんな娘がいたら毎日眼福だろうぜ。なあ葵ちゃん、よかったらうちの子にならねェか？　ここだけの話、じつはうちには最高に豪華な秘蔵の着物があってな」

「へえー、そうなんですね」

好奇心で目をくりくりさせる葵に、吉良は自分の胸をどんと拳で叩《たた》いて答える。

「おうよ。うちの娘が七五三で着たやつなんだが、葵ちゃんさえよければ――」

素敵！　わたし吉良家の娘になります、と万が一にでも言われたら困るので栗田は言下に突っ込みを入れる。

「いいわけねえだろ。そういうのってこのご時世、一歩間違うとハラスメントなんだよ。鮭《さけ》ハラスとはまったくの別物なんだよ。つか、いくら今うちの店が暇してるからって、そういうノリだけの適当な話振るの、ほんとやめてくんない？」

「暇だぁ？」

吉良が片眉を持ち上げ、その後、顔をくしゃっとさせて吹き出す。

「はっは！　残念ながら見当違いだ。こいつぁ嵐の前の静けさってやつよ」

「はぁ？　嵐の前って――今日めっちゃ晴れてるけど」

栗田がそう言った直後、再び店の扉が開いた。今度は気《け》怠《だる》い雰囲気の美青年が顔を出し、床に散らばった爪楊枝《つまようじ》を一本ずつ指で拾うような面倒臭そうな声を出す。

「ちょっとちょっと吉良さんさぁ。いくら人力車で足腰鍛えてるからって、ひとりで勇み足すぎるでしょ。せっかくみんなで一斉に押しかけて驚かせる予定だったのに」

ぼやいたのは栗田の腐れ縁の悪友、浅羽怜《あさばりょう》だった。

浅羽はアッシュグレーの髪と、ひらひらした派手な服と、首元に巻いたストールが似合う毒舌の大学生。浅羽製作所という町工場の跡取り息子で、今は都内の理系大学に通っている。

浅羽にたしなめられた吉良は「おっとそうだった！ すまねェ」とまったく悪く思っていなさそうな笑顔で謝った。

大仰な溜息《ためいき》をついて店に入ってきた浅羽に、栗田は戸惑い気味に声をかける。

「珍しいな浅羽。お前ってそんなに和菓子とか好きだったっけ？ いくらうちの店に閑古鳥が鳴いてるからって、無理して冷やかしに来てくれなくてもいいんだぞ」

「まったく。相変わらずダイオウグソクムシ並みの知能しか持ち合わせていないみたいだねえ、クソ栗田は」

「あ？ 喧嘩《けんか》売ってんの？」

「最近はさぁ、俺も結構食べてるんだよ、和菓子。こういうのって、やっぱ日本文化の粋じゃん。機会を見つけては大学の連中にも勧めて、地味にこつこつ和菓子の輪を広げてやってたり――みたいな？ 今日だって俺なりに盛り上げてやるつもりでさぁ。

下等生物の栗田にもわかりやすい、超弩級《ちょうどきゅう》のスペクタクルを準備してたんだけど」

「悪いけど、お前は毒舌すぎて、話がいつも意味不明なんだよ。だからなに？」

「だからぁ――こういうこと」

浅羽が笑顔でぱちんと指を鳴らし、「おーい、もういいよー」と外へ声をかけると、入口から多くの人がぞろぞろと中に入ってきた。栗田は驚いて目を見開く。

それはいつも贔屓《ひいき》にしてくれるお得意様や、ご近所さん――浅草の顔馴染《かおなじ》みの人々だった。並んで列を作った彼らが口々に声をかけてくる。

「よっ、ひさしぶり、栗田！」

「この日を待ってたよ。ほんとめでたい。やっと栗丸堂の豆大福にありつける！」

「俺の目当ては豆餅だ。まぁ、豆大福も好物なんだけどな」

「あたしゃ今日は五個買うよ。あ、やっぱり六個買おうかね」

先程まで閑散としていた店が、たちまち大盛況。いまいち状況がよくわからないが、込み上げた強い衝動のままに栗田は彼らに駆け寄る。

「皆さん……今日はなんていうか、その――いらっしゃいませ！」

「はいはい、こんにちは」

列の前の方にいる婦人が笑顔でそう応じる。

「またよろしく！」

人の好《よ》さそうな中年男性が続ける。——人としての根源的な喜びが湧き上がった。

やがて彼らの後ろから「ああもう、ほんとにうちのお兄ちゃんは」と少し怒ったように呟いて、つかつかと前に出てくる者がいる。

肩まで伸ばした髪と、きらりと知的に光る眼鏡。それは繊細な容貌が兄とよく似ている浅羽の妹——今は大学受験に向けて勉強中の楓《かえで》だった。

「楓じゃねえか！　来てくれたのか」

「もちろん。ひさしぶりね、栗田くん」

「ああ、ひさしぶり。忙しいところ悪いな」

ううん、と楓はかぶりを振ると片耳に髪をかける。

「だってお兄ちゃんから毎日うるさいくらい聞かされるんだもん、栗田くんの店のこと。おかげでわたしも勉強中いつも思い出しちゃって、今日は絶対来ようと思って」

「浅羽が、俺の店のこと？」

「そうよ」

首肯すると楓は兄に顔を向けて、「ほんと、お兄ちゃんの天邪鬼《あまのじやく》！　経緯をちゃんと説明しないと、栗田くんだって意味がわからないじゃない」と言った。

「……うるさいな。どうでもいいんだよ、そんなの」

途方もなく投げやりにそう呟く兄に、はあと溜息をつくと楓は栗田へ向き直った。

「なんでこんなに素直じゃないんだろ……？　お兄ちゃん、栗田くんのこと、ずっと心配してたんだよ。栗丸堂の営業再開日にお客さんが来なかったらどうしようって。それであちこちに声かけて、示し合わせてみんなで行こうって話になったんだけど、思った以上に参加者が多くて……それで予定より遅くなっちゃったの」

ごめんね、と顎を軽く引いて楓は続ける。

「でも今、外すごいよ。たぶん百人近く並んでる」

「……マジ？」

「確かめてみて」

少し得意げに眼鏡のブリッジを押さえる楓の横を通り、半信半疑で店の外に出た栗田は、「わ！」と声をあげて立ち尽くした。

こんな光景は見たことがない。馴染みのオレンジ通りに長い長い行列ができている。後ろの方はどうなっているのか、もしかすると雷門《かみなりもん》通りまで延びていそうだ。

列に並ぶ者の中には既知の顔がいくつもあった。幼馴染《おさななじみ》でライターの八神由加《やがみゆか》や、行きつけの喫茶店のマスターが、栗田と目が合うと大きく手を振る。他の人たちも、邪気のない祝福の笑顔を向けてくれる。

気づくと栗田は拳を強く握っていた。

――これだけの人が。

――これだけの思いで、うちの店の再開を待っていてくれたんだ――。

泣きたくなるような熱さが胸に込み上げた。

両親の死後、四代目として店を継いでから様々な出来事があった。手痛い失敗もしたし、もう駄目だと絶望に暮れたことも一度や二度ではない。

だが、やめなくてよかった。必死に続けてきてよかったと今、心から思う。

努力が必ず報われるとは限らないし、逃げたければ逃げてもいい。だが目標があるなら挑戦してもいいし、それを公正に見てくれている者も世の中には大勢いるのだ。

無論のこと、この結果はすべて自分の力によるものだなんてことは天地がひっくり返っても言えない。なんとかやってこられたのは葵や浅羽をはじめとした、支えてくれる人々がいたからだ。

――ありがてえな……ほんとに。

自分は決して立派な人間ではないが、これだけは胸を張って言える。俺は素晴らしい縁と仲間に恵まれた――。

そんな思いを栗田が噛み締めていると、背後から声がする。

「おいおい、すごいことになってるな。大行列だ」

振り返ると和服姿の品のいい青年、白鷺敦《しらさぎあつし》が呆気《あっけ》に取られた顔をしていた。

以前、ちょっとした事件で知り合った彼は白鷺流《しらさぎりゅう》茶道の宗家長男で、次期家元だ。

栗田とは同年代で、時々意味もなくＬＩＮＥのメッセージを送ってきたりする。

「白鷺！　お前も来てくれたのか」

「ああ、今日から営業再開だと聞いてたからな。でも予想と違った。さすがは栗田だよ。まさかこれほど途轍《とてつ》もない盛況ぶりだとは」

「俺だって驚いてるよ。こんなの予想できるわけねえ」

「はは。だろうな。そういうところ、お前らしくていい」

白鷺は涼しげに笑って続けた。

「じつはちょっとした相談があったんだが――これは一度出直した方がよさそうだな。また改めて伺うよ。どれだけの菓子を用意したのかは知らないが、この分だとすぐに足りなくなるだろう。追加分を作らないと」

確かに、と栗田も思う。

「でもいいのか、白鷺。そのちょっとした相談ってのは」

「いい、いい。構わない。どのみち今日はもうひとつ、行く予定の場所があるから」

スカイツリーでも見物に行くのだろうか？　ともかく白鷺との会話中にも行列は着々と進んでいた。栗丸堂の人気商品は昔からずっと豆大福。せっかく並んでくれたのに、それが売り切れで買えないのは申し訳ない。

「それじゃ栗田、積もる話はまた――」

「ん。ああ」

栗田に気を遣ったのか、白鷺は早々に話を打ち切って踵《きびす》を返した。

凛《りん》と背筋の伸びた彼の背中がゆっくりと遠ざかる。栗田はしばらくそれを眺めていたが、やがてひとつうなずくと、裏の勝手口から作業場へ戻り、中之条に現状を聞いて追加の餡《あん》を大量に作り始めた。

行列は昼すぎまで続き、夜になっても客足は途切れない。

結局その日は栗田が店を継いで以来、最も多忙で繁盛した日になったのだった。

＊

千利休《せんのりきゅう》の高弟のひとり、白鷺宗究《そうきゅう》が創立したという高名な茶道流派、白鷺流は高《たか》田馬場《だのばば》に本部がある。

いわゆる宗家の御屋敷《おやしき》でもあるそこは、都心の喧噪《けんそう》から切り離された別世界だ。数寄屋門をくぐると緑が茂る日本庭園が広がり、あちこちに茶室が点在している。華美なものではなく、利休の侘《わ》び寂《さ》びの心を表すかのような質素な切妻《きりづま》の平屋だ。それらを横目に石畳の道を進んでいった先に、風格漂う白鷺家の本邸が建つ。

そして今、その本邸の奥の広間――。

薄い陽光が斜めに差し込む六畳ほどの閑寂な茶室で、畳の下の炉にかけられた釜が立てるしゅんしゅんという音を、四人の男女が聞いていた。

炉の近くに着物姿で正座しているのは、この家の長男、白鷺敦。

彼の対面で、栗田と葵も同様に正座している。

ややあって白鷺が怪訝《けげん》そうに口を開いた。

「どうした？　今日は友人としてのプライベートな集まりで、茶会じゃない。気楽に雑談してくれて構わないんだが」

そうか、だったら――と口火を切る前に、栗田の右隣に正座している青年が澄んだ声を出す。

「うん、話そ？　せっかくこうして仲良しのみんなが集まってるんだもん。茶室だからって畏《かしこ》まって、無意味に黙り込んでるのはもったいないよ。ね、栗田くん？」

清々《すがすが》しいほど遠慮のないその発言に、栗田は苦い顔で応じる。

「あー……。俺らってそんなに親しい間柄でしたっけ？　つーか俺、今日お前が来ること自体、知らなかったんだけど」

「それはそうだよ。言わなかったもん」

「なんで？」

「栗田くんの驚く顔が見たかったから――かな？　ほら、普段は荒っぽくて筋肉バキバキで近寄りがたい強面《こわもて》の男子が戸惑う様子って、なんだか可愛いでしょ？」

「可愛くねえよ……。ついでに俺は荒っぽくも近寄りがたくも、強面でもねえよ」

「筋肉バキバキは否定しないんだぁ――ふふっ」

無邪気そうに笑ったのは弓野《ゆみの》有《ゆう》。栗田と同様、浅草で夢祭《ゆめまつり》菓子舗《かしほ》という和菓子屋を営む若き店主だ。明るい色の柔らかそうな髪と、猫を連想させる中性的な容貌の青年で、今日は襟つきの清潔なグリーンのシャツを着ている。

以前、彼の店に行った際に知り合い、以後もなにかと関わることが多いのだが、かなり独善的なマイペース人間だ。その自由すぎるSNSの活用法には定評がある。コミュニケーションの距離感の違いというのか、やたらと人懐こかったりもして、硬派の栗田としては微妙に苦手なタイプだ。

ふいに栗田の左横で上品に正座している葵が呟く。

「わたしは好きですよ」

「――えっ？」

ここで突然なにを表明するんだと、心臓が一瞬ばくんと跳ねた栗田だが、葵は少しうっとりした表情で「筋肉」と拍子抜けする言葉を続けた。

「知る人ぞ知るチャームポイントと言うんでしょうか。硬そうな腹筋とか、つい見入ってしまいますよねー。なんかこう、亀の甲羅みたいで」

「か、亀の甲羅ぁ……？　ん、まあ一応、参考にしとくけどよ」

栗田は仏頂面で、今夜から寝る前に腹筋でもするか、などと考える。その後、はたと我に返って、ここに来た経緯を思い返した。

じつは今日の会合の趣旨がなんなのか、まだ聞かされていないのだった。

先日、栗丸堂の営業再開日に来てくれた白鷺に、後で電話で用件を訊《き》くと、定休日に家まで来てほしいと言われた。栗丸堂は白鷺流茶道の御用達《ごようたし》だから、たまには本部に足を運ぶのもいい――ということで葵とともに来訪したのだが、まさか弓野も招かれているとは。

今思えば、あの日、白鷺は弓野の店にも足を運んだのだろう。

個性的すぎる性格はともかく、弓野の店の和菓子そのものは良質だ。だが一応、同じ浅草のライバル店であり、しかも彼の和菓子観は基本的に高級志向。下町の和菓子を若干軽んじていたりもするので、内心穏やかではない。

そんな栗田の心情を知ってか知らずか、眼前の白鷺は炉にかけた釜から柄杓《ひしゃく》で湯を掬《すく》うと、流れるような所作で茶筅《ちゃせん》と茶碗《ちゃわん》を清めながら言う。

「弓野くんの叔父は気鋭の実業家でね。様々な業界につながりがある。じつは白鷺流もかなり支援してもらってるんだ。あまり大っぴらに言うことじゃないけどな」

「そう――なのか」

そのやり手の叔父を介して、弓野と白鷺は知り合ったらしい。

仏頂面で納得する栗田に、隣の弓野があっけらかんと付け加える。

「お茶とか和菓子とか、日本の伝統文化に関心があるみたい。僕が独立して店を出せたのも、叔父の出資のおかげなんだよ。東京に雅《みやび》な関西和菓子の中心地を作りたいって駄目元で相談したら、あっさりいいよって言ってくれてね」

それがなければ僕は今でも奈良の御菓子《おんかし》司《つかさ》夢殿《ゆめどの》本店で働いてたよ、と弓野は爽やかに微笑んで続ける。

「わかる？　栗田くん。こういうのが新時代の成功の理想形なんだよ。頑張らなくていい。そのままの自分でいい。人からの厚意でナチュラルに目的を達成していくのが無駄のない本当の美しさなんだ。頭の固い栗田くんには理解できないかな？」

「さあな。ま、お前はお前の好きにしろよ。頭突きで勝負したいなら、いつでもツラ貸してやるよ」

栗田は素っ気なく答えた。

弓野の主張は、栗田には正直、全然ぴんと来ないのだが、かといって話術でやり込めるのも流儀じゃない。結局、最後は行動と結果がものを言う。古風なのかもしれないが、俺は俺が信じるやり方を貫くだけだと栗田は思った。

「さて。本題の前に、まずは一服どうぞ」

やがて白鷺が涼しげにそう言い、深めの茶碗を栗田と葵と弓野に差し出す。

器の中には、点《た》てたばかりの鮮やかな抹茶が入っていた。

「ん。それじゃ遠慮なく。――お点前《てまえ》頂戴致します」

栗田は白鷺流の作法どおりに一礼して、茶碗を持つ。

左手に載せた茶碗を右手で時計回りに二度回し、白鷺が差し出した部分の反対側に口をつけて少し飲んだ。

するると舌の上で豊かに膨らむクリーミーな感覚。ほろ苦くも、しっかり甘い抹茶の風味が、微細な泡が織り成す柔らかな感触とともに、喉の奥へすべり落ちていく。

「ああ——旨《うま》い」

心に浮かんだ言葉を栗田は素直に口にした。葵や弓野も同感の様子だ。

「まろやかー。いつ飲んでも白鷺さんのお茶は、泡立ちが繊細で美味《おい》しいです」

葵のその感想に弓野もうなずく。

「苦味の奥にある控えめな甘さがなんともいえないよね。ふふ、これでお菓子があれば、もっと素敵なひとときになったのに」

すると白鷺が首肯して、「うん。今日の相談というのは、まさにそのことでね。茶道に付き物の菓子——いわゆる茶菓子のことで語り合いたくて来てもらった。和菓子のプロが三人もいたら、きっと含蓄のある話が聞けるだろうと思って」と言った。

「はあ」

なんなんだ改まって、と栗田は少し怪訝に思う。

茶菓子というのは、茶席で茶を飲む前に食べる様々な菓子のこと。その見た目で季節や趣向などの意味を表し、甘さで抹茶の苦味や香りを引き立たせる。

最初に茶菓子を食べて口の中に甘味を行き渡らせておくと、後から飲む抹茶の風味が際立ち、より心身に染み込んでくるのだが。

「なんか大事な茶会でも任されたのか？」

　栗田が尋ねると、白鷺は苦い顔でかぶりを振った。

「いや、別にそういうわけじゃない。うちの親父《おやじ》——現家元は衰え知らずだ。悔しいが、俺とはまだまだレベルが違う。今はとにかく修練を積めの一点張りだよ。今回のは正式な茶会じゃなく、もっと砕けた集まりの話」

「砕けた……？」

「そう。言うなればこれは、砕けた集まりのための砕けた座談。だからもっと楽に、足とかも崩してくれて構わないぞ。普段、家で正座なんてしないだろう？」

「まあな。でも、だからって、あぐらをかくわけにも——」

　栗田は苦笑するが、隣の弓野は屈託のない笑顔で、「ありがとう。だったらお言葉に甘えるよ」と言って、すぐに正座をやめた。侘びた茶室でちょこんと体育座りする彼を目の当たりにして、葵がぱちぱちとまばたきしている。

　白鷺が鷹揚《おうよう》に笑った。

「ははっ、それでいい。茶室だからって、別に堅苦しく振る舞う必要はない。茶はもっと自由なものだ。自由な心境で、自ら作法にのっとって振る舞いたいと思ったときにこそ、本当の価値が芽生えるのであって――って話が逸れた」

白鷺が咳払《せきばら》いして言葉をつぐ。

「本題に入ろう。今のところ白鷺流には――そうだな……なんだかんだで一万人近い門弟がいる。全国に支部があるから、小学生の頃はよく西に東に、あちこち連れていかれたものさ。で、今度、京都《きょうと》支部の当時の友人が三人ほど、うちに遊びに来る。もうずっと会ってはいないが、今もそれなりに茶を嗜《たしな》んでる連中だ。たぶんだけどな。まぁ、なにはともあれ、遠路はるばる来てくれるわけだろう？　せっかくだから俺が茶を点てて、もてなしてやりたいと思って」

「ふうん。子供の頃からの友達って貴重だからな。大事にしろよ」

栗田が軽くそう言うと、白鷺は少し照れたように「当然だ。いつできた友達だろうが、同じように大事に思っている」と呟いた。

相変わらず妙なところで真面目なやつだと思いながら、栗田は尋ねる。

「つまり砕けた集まりってのは、昔の友達を歓迎するお茶会か」

「そういうこと。形式張らない簡易なものだ。せっかくひさしぶりに会う相手を萎縮させては本末転倒だろう？」

「ま、確かに」

栗田のその言葉にうなずいて白鷺が続ける。

「で、茶を振る舞う際、彼らが喜びそうな茶菓子も用意したいんだが——じつは俺はその辺に疎《うと》くてな。子供の頃は茶道に興味が薄かったせいか、京都の人が好きそうな菓子を全然覚えてないんだ。力を貸してくれないか？」

「それはもちろん構わねえけど」

栗田は横で体育座りしている弓野を一瞥《いちべつ》する。——だったらいつものように自分と葵に頼めばいいのでは？　なぜ今回は弓野も呼んだのだろう？

栗田の表情からなにか察したらしく、白鷺が唐突に予想外の言葉を口にする。

「互いを高め合う、友にして同志」

「……突然なに？」

「弓野くんの叔父からはそう聞いてるぞ。確かにわかる話だ。栗丸堂も夢祭菓子舗も浅草にあるわけだし、若い経営者という立場も同じ。シンパシーを感じるのは当然だろう。だったらここは互いの知識を活《い》かして、和気藹々《わきあいあい》と——」

「ちょいちょいちょいちょい待った！」

栗田は慌てて口を挟んだ。

「あのー……なんかとんでもない誤解してねえ？　俺らは別にそういう仲じゃないいん

だけど」

「じゃあ、なんなんだ？」

白鷺が不思議そうに尋ねると、弓野が澄んだ声で口を挟む。

「仲良し」

「それは——同じことをマイルドな言葉に言い換えただけのような？」

訝《いぶか》しげに呟く白鷺に、「違うから。勘違いにもほどがあるから。向こうは仲良しだと思ってても、こっちはそこまで思ってない。俺らは青地に白い矢印の、一方通行な関係」と栗田は説明した。

「あはは、そうだったんだぁ。全然気づかなかったよ」

弓野が眉根を寄せて微笑しながら言葉をつぐ。

「じゃあ僕と栗田くんは仲良しじゃなくて、仲悪し？　戦争とかしちゃう？　ばーんって」

「……お前の人間関係には敵と味方のふたつしかないのかよ。中間でいいだろ、中間で。人付き合いは程々の状態がベストなときもあるんだよ。ほら、諺《ことわざ》にもあるじゃねえか。過ぎたるは猶《なお》及ばざるが——？」

「言わないよ」

弓野はさらりと流し、栗田を拍子抜けさせて続けた。

「でも、仲良しじゃないなら困ったね。今日ここに集まったのは、なんのためだったんだろう。うーん……ああ、そうだ。ならこうしない？　白鷺くんの困り事は解決する。ただし、僕と栗田くんたちは別々に取り組む」

「なんだよそれ？」

「つまりね、仲悪しならではの切り口で今回はやってみようってこと。京都の人が好きそうな茶菓子をお互い持ち寄って、白鷺くんがどちらを気に入るか比較するんだよ。いうなれば茶菓子勝負だね。協力するんじゃなくて対決するんだ。どっちが勝っても結果的には白鷺くんの助けになる」

そこで弓野は顔を斜めに向けると、目尻から意味深にちらりと栗田を見た。

「あー……。でも、これだと栗田くんが圧倒的な実力差で負けるのは確定かぁ。ごめんね。まるでいじめみたいだよ。そんな可哀想《かわいそう》な真似《まね》はやめた方がいいよね？」

「──やる」

言下に栗田は答えた。

「見え透いた挑発だけど、あえて乗ってやんよ。どのみち白鷺の頼みは聞くつもりだったからな。お前はお前で自由にやれ。俺は俺で、和菓子のことにはいつだって全力で取り組む。勝負はまぁ、おまけみたいなもんだ」

「うん、いいね。そう来なくちゃ」

弓野は悪魔のように愛らしい笑顔で、栗田と真っ向から視線を合わせる。

そんな栗田の横では、葵がはらはらした様子で頬を押さえながら、

「やー、これはまた、なんといいますか、ややこしいことに……。でも、挑発されておとなしく引っ込むのも栗田さんらしくないですからね。なんやかんやで、男たちの愛と憎しみの戦いを見るのは嫌いじゃないですねー」

そんなことを早口で捲《まく》し立《た》てている。三者三様の態度を前に、白鷺は当惑を隠せない様子だったが、やがて自らを納得させるように嘆息すると、

「まぁ、なんだ……。そういうことで、ひとつよろしくお願いする」と頭を下げた。

＊

「ったく――なんで弓野と関わると、こう厄介なことになるんだか」

栗田は黒髪をくしゃくしゃと掻《か》き回《まわ》す。

秋の日差しが降り注ぐ午後の早稲田《わせだ》通りだった。車道を挟んだ右側には、年中アイ

スケートが楽しめるスポーツ施設、シチズンプラザが見える。

あれから勝負の日時を決めて意気揚々と引きあげていった弓野の後、栗田と葵も白鷺家を辞去した。今はふたり肩を並べて高田馬場の駅へ向かっている。

「やー、でも見てて楽しかったですよ。栗田さんらしくて」

隣を歩く葵がふわりと柔らかな口調で言った。

「そうか？　エンターテイナーしちまったかな」

「見応え抜群でした！　でも、弓野さんとの勝負の件どうしましょう？　一口に茶菓子と言っても種類は膨大です。栗田さんの中では、やっぱりもう候補をいくつか考えてあるんですか？」

「ん……。じつはそうでもない。ちと情報を整理してもいいか？」

「もちろん！」

「じゃあ、基本的なところから。白鷺がやろうとしてるのは茶事じゃなくて、もっと砕けた——京都から来る昔の友人のための簡易な茶会って話だった」

茶事とは懐石と濃茶《こいちゃ》と薄茶《うすちゃ》を順に差し上げる、いわばフルコースだ。一方、茶会はその略式で、濃茶か薄茶のどちらかだけを供する場合が多い。

濃茶とは、抹茶を少量の湯で濃厚に練ったもの。

薄茶は文字どおり、薄く飲みやすいお茶で、今日の白鷺が栗田たちに点ててくれたものもそれだ。

そして茶菓子は基本的に、茶の風味を引き立てるのが目的。原則として、濃茶には主菓子《おもがし》を、薄茶には干菓子を合わせる場合が多い。

白鷺は友人たちに薄茶を点てるそうだから、干菓子を選べばいいわけだ——と、そこまでは和菓子のお嬢様の葵なら既にわかっているだろう。

「まとめると、茶会で京都の人が喜ぶ干菓子はなにかって話になると思うんだけど」

「ええ。そしてここで懸念事項が発生です！　弓野さんって関西出身ですよね？　たぶん詳しいと思うんですよ。京都のことにも干菓子のことにも」

「ああ——だよな」

栗田は苦い顔で同意した。

「性格は癖ありまくりだけど、前にあいつの店で食べた葛焼きは洗練された味だった。腕は確かだし、きっと知識も相当なもんなんだろう」

弓野の和菓子には、栗丸堂の下町和菓子とも、伝統ある赤坂鳳凰堂《あかさかほうおうどう》の和菓子とも違う、独特の雅な美味しさがある。それは彼生来の感性によるものと、彼が修業した関西の古き名店、御菓子司夢殿で培われた実力が融合した結果なのだろう。

いずれにしても侮れない相手だ。

もしもここで醜態を晒《さら》したら、せっかく白鷺流の御用達になったのに、その座を奪われる可能性もちらつく。いや、案外それが弓野の真の狙いだったのかもしれない。

「どうしますか、栗田さん？　鳳凰堂の京都支店の人に頼めば、たぶん話とか色々聞けますけども」

「ん……」

葵は赤坂鳳凰堂という大手和菓子メーカーの息女。その気になれば、じつは全国の支店にコネクションがあるのだ。

「悪いな、葵さん。いつも助かる」

いえいえー、と軽やかに手を振る葵に礼を言い、栗田は少し思案して言葉をつぐ。

「でもさ。あの場では、つい勢いで勝負を受けちまったけど、実際どうなのかなとも思ってんだ。冷静に考えるとナンセンスじゃねえか？」

「と言いますと？」

「勝負の内容は白鷺の京都の友達が喜びそうな茶菓子を用意すること——でも、人の好みって正直それぞれだろ？　京都人の味覚ーみたいな枠組みで一括《くく》りにしていいものかと思って。大阪《おおさか》人は全員たこ焼きが大好物とか決めつけたら、ブチ切れる人もいるだろ。まぁ俺はたこ焼きもお好み焼きも好きだけど、それと似たようなことしてる気がして」

「あー……」

「味覚って、やっぱ個人のものだと思うんだよ。その人のことをよく知らねえのに、京都にこだわる意味って本当にあんのかな？」

「——さすがですね、栗田さん」

葵は感心したように顎をつまんで続けた。

「確かにそういう視点もあるとは思ってました。ただ、わたしなら、遠い京都から来たことに対する感謝とか歓待の気持ちとか、まあ色々考えてこうしてくれたんだろうなっていう大人の態度で意を汲《く》んで、好意的に受け取りそうだと考えたんですけど」

「ん。葵さんは優しいからな。聡明《そうめい》で優しいとそうなるんだよ。相手が葵さんなら俺だって迷わねえ。小細工なしで正面から行く」

栗田が本音を漏らすと一拍の間を置き、葵の顔が徐々に赤くなっていく。

「……やー、その、なんていうんでしょう。わたしは決して心優しい聖母のような女アピールをしたわけじゃなくてですね。わたしはただ——」

「わかってる。俺の方こそ、決してワイルドな男アピールしたわけじゃないから。ちゃんとわかってるから」

つい栗田まで赤面し、ふたりはしばらく無言で早稲田通りを歩いた。

ややあって高田馬場駅が見えてきた頃、仕切り直すように栗田は口を開く。

「とりあえず——鳳凰堂京都支店の人に話を聞く前に、もう少し自分なりに考えてみたい」

「いいと思います、栗田さんらしくて」

秋風にさらさらと流された艶やかな長い黒髪を押さえて、葵は栗田に向き直った。

「あまり弓野さんのペースに引きずられるのもなんですからね。大切なものを見逃さないようにしましょう」

ふわりと微笑む葵の美貌に目を奪われ、頭が一瞬空白になる。

大切なものとはなんだろう、と遠くで自分の声が聞こえた気がした。

*

「秋の日の、ヴィオロンの——」

栗丸堂の定休日、馴染みの喫茶店のカウンター席で栗田がひとり考え込んでいると、マスターが詩でも朗読するように声をかけてきた。

オールバックで無精髭《ぶしょうひげ》を生やし、長身で胸板が厚いマスターには、今日もV胸当てのカフェエプロンが必要以上に似合っている。

「ためいきの、ひたぶるに——。ああ、教養溢《あふ》れる大人の男は、なぜ秋になると詩人に変わってしまうのだろう」

カップを磨きながら妄言を吐くマスターに、栗田は無愛想に応じる。

「……さあな。日照時間が短くなって脳の神経伝達物質の分泌が減るからじゃねえの。セロトニンとか、そういうやつ」

「だとしたらコーヒーの一気飲みに限るな。アドレナリンの分泌で心身がギラギラになる。ところでお前、さっきからなにを深刻ぶってスケベな妄想してるんだ？」

「人の真剣な頭脳労働を一気にイメージダウンさせせんな！」

栗田は苦虫を噛《か》み潰した顔で、冷えたコーヒーを飲み干す。

あの日以来、白鷺の京都の友人のための干菓子について考え続けていたが、結論は出ていなかった。

茶菓子比べの対決は五日後——期限は残り少ない。しかし栗田の中でしっくり来る切り口が、どうにも見えてこないのだ。思考の方向性が絶妙に定まらない。

——こんなとき、あいつならどう考えるんだろうな。

幾度も検討したことを、栗田は再び脳裏に思い浮かべる。

先日、葵と奈良へ旅行に行った際、飄々《ひょうひょう》とした不思議な人物に出会った。

上宮暁《うえみやあきら》。

かつて和菓子の神童と呼ばれ、少女時代の葵ともよく比較されていたという、栗田より一歳年上の青年。仇名《あだな》は和菓子の太子様だそうだ。眉唾ながら一度に十個の和菓子をほおばり、どの店のどんな品かを言い当てることができたらしい。

上宮は古き名店、御菓子司夢殿本店の長男で、物心がついたときから和菓子に親しんでいた。話を聞く限りだと、弓野の兄貴分のような存在でもあったのだとか。

今は和菓子の道を離れて、東京の大学で宗教学を学んでいるようだが——。

その上宮が奈良の某所で、人助けのために皆に栗饅頭《くりまんじゅう》を振る舞う際、同席していた栗田と葵に言ったのだ。

『美味しさとはなにか？』

上宮の持論だと、それは食べた個々人が作り出す感情であり、万人共通のものではない。そして彼は事前に相手の好みや心理状態を調べておき、ぴたりと来る品を食べさせて目的を遂げたのだった。

「……ったく」

栗田は空のコーヒーカップを指でこんと弾く。

「その路線でいくなら、白鷺の友達の好みを調べるのが一番いいんだろうけどよ」

京都在住でも、白鷺流茶道に所属しているのはわかっているわけだから、たぶん調査の方法はある。

しかし——。

それが果たして本当に、人をもてなす手法だと言えるだろうか？

正直、行きすぎだと思う。否、どう考えても重い。茶菓子のために採算度外視でそんなことをされたら、感激より辟易《へきえき》する人の方が多いのではないか。

いくら弓野に勝つためでも、自分の感性とかけ離れた真似はしたくない。

「だったらやっぱ最初の前提どおり、京都の有名な干菓子を見繕うのがいいのか？

それにしたって色々あるからな。王道はやっぱり打物に押物。京都には有平糖の有名な店もあるし、半生じゃない干菓子の八ツ橋も捨てがたいし」

迷う。本当にそれでいいのか——。

堂々めぐりだ。

渋面で熟考する栗田を眺め、「うむ、苦み走ったいい顔だ」とマスターが上機嫌でカップを磨き続けている。

そのとき、喫茶店のドアが開いた。顔を向けると入口に葵が立っている。

「お、葵さん」

混沌としていた栗田の気分がぱっと晴れた。筋金入りのお嬢様である葵はスマートフォンを持っていないので、栗丸堂やこの喫茶店で待ち合わせすることが多い。

「こんにちはー、お待たせしました栗田さん。またしても、待たしてしまいましたね。ふふっ――」

『待たして』という部分を妙に強調して発音した葵は、上品に口もとを押さえ、自分が言った言葉でくすくす笑っている。

栗田は少し汗をかいた。葵はお笑い好きで、たまに極限状態に陥った者が錯乱して口走る譫言《うわごと》のような駄洒落《だじゃれ》を前触れもなく放り込んでくる。

「……いや、そんなに待っちゃいねえよ。コーヒー飲んだり考え事したりして、優雅なリラックスタイムを満喫してたとこ」

「それはそれはお疲れ様ですー」

清々しく微笑んで軽くお辞儀する今日の彼女は、柔らかそうなニットワンピースの上から品のいいケープコートを羽織っており、大人っぽくもキュート。少し気が早い冬の妖精のようだ。

ちなみに栗田は黒のカットソーと細身のパンツ。ファー付きのミリタリージャケットを前を開けて着ている。

今日はこれから浅草散策に出かける予定だった。

京都の客人が気に入りそうな干菓子の件、現状やや行き詰まっている感があるので、息抜きにふたりで周辺をぶらつこうと葵が提案してくれたのだ。

確かに他の和菓子屋を見て歩くうちに、なにか閃《ひらめ》くものがあるかもしれない。

マスターがからかうように肩をすくめて栗田に目くばせする。

「なんだ、今日もデートか。羨ましい、じつに妬ましいな。嫉妬で身悶《みもだ》えしそうだ」

「気持ち悪いんだよ、言い方！　はい、コーヒー代ここに置いとくから」

栗田はカウンターに代金を置くと、マスターに手を振って葵と店を出た。

外は澄んだ青空が広がる秋日和。ふたりはいつものようにオレンジ通りを南下して雷門通りのアーケードの下をゆっくり歩く。

「葵さん、どっか行きたい場所ある？」

雷おこしの常盤堂《ときわどう》を通りすぎた辺りで栗田は訊いた。

「んー、そうですね……。インスピレーションを得るためにも、今日はわちゃわちゃと刺激が多い場所に行くのがいいような。初心に返って、仲見世《なかみせ》商店街とかどうですか？　地元民の栗田さんには少々物足りないかもしれませんけど」

「や、そんなことねえよ。あそこは見てて飽きないしな。久々に手焼きせんべいの店とか覗《のぞ》いてみるか。ばりばり嚙み砕けば脳にいい刺激があるかもしれねえ」

するとと葵がにっこりと頬を緩める。

「いいですねー。じつはおせんべいは茶菓子にも結構使われるんですよ——といっても醬油《しょうゆ》味の堅いやつじゃなく、さっくり甘い麩《ふ》焼きせんべいみたいな感じのものですけどね。麩焼きと言いつつも麩ではなく、ばっちりお米から作られてるのが麩焼きせんべいの面白いところです。京都には有名なお店もありますし、案外、選択肢のひとつかも」

「そうなのか……。確かにありだな」

「ええ。あと、そこからの連想で『麩の焼き』という和菓子もあってですね。これは昔、千利休が茶会の茶菓子として、よく作らせていたものなんだそうですよ。利休の死後、江戸時代になっても人気があって、あちこちに専門店があったんだとか。水で溶いた小麦粉を薄く焼いて、味噌《みそ》を塗って巻いたものなんですけど——茶菓子としての最初のせんべいというだけじゃなく、これはお好み焼きのご先祖様だって説もあるんです。小麦粉を水で溶いて薄く焼く——確かにお好み焼きとか、もんじゃ焼きにも通じるものがあるかもしれないですね」

「へえ……」

さすがだ。やっぱりすげえな葵さん、と栗田は感心する。

プロとはいえ、栗田の知見はどうしても関東の和菓子に偏りがちだが、葵は違う。全国に支店を持つ鳳凰堂の息女だけに、その知識は幅広く奥深い。子供の頃から自然な形で、水のように頭に染み込んでいるのだろう。

彼女にとっては日本全国が百花繚乱《ひゃっかりょうらん》の和菓子ワールド——などと考えながら仲見世通りを歩いていると、ふと視線の先に見覚えのある後ろ姿が見えた。

「あれ？」

仲見世商店街には全国から観光客が集まる。

周りに通行人が多くて近寄れないが、それは幼馴染の八神由加だった。

遠目に後頭部を見るだけでも間違いなくわかる。なにせ小学校時代からの腐れ縁なのだから。

由加は栗丸堂の営業再開日には来てくれたものの、その後は一度も姿を見せていなかった。じつはこれは珍しい事態だ。いつもの由加なら用がなくても来店し、和菓子をぱくつきながら上機嫌で四方山話《よもやまばなし》を披露してくれる。決してさぼっているわけではなく、ライター仕事の企画を構想しているというのが本人の主張だった。

名前を呼べば振り向くだろうか？　そう考えた直後、栗田は気づく。

由加はひとりではなかった。肩を並べて歩いている男がいる。高級そうなジャケットにデニムと白のスニーカーを合わせた、垢抜《あかぬ》けた雰囲気の男性だ。

由加はその男とどこかに行く途中らしい。話も弾んでいるようで、時折顔を見合わせては笑っている。普段はあまり見せない、どこか物憂げなよそ行きの笑みを浮かべている由加に、栗田はつい眉をひそめた。

――なんだ……？

うまく言えないが、違和感がある。あの男の横顔も、どこかで見たような――。

そのとき、ふいに隣の葵が鋭い声をあげた。

「危ない、栗田さん！」

栗田が我に返ると、背中に衝撃があった。背骨の中央の辺りに、下から突き上げるように、ぶつかってくるものがある。一体なにが起きた？

突然舞い込んできたその出来事は、予想もしない形で栗田の命運を左右する――。

*

過ぎ去った夏に、うっかり置き去りにされたような薄着の少年だった。

髪は短めのスポーツ刈りで、白いランニングシャツに爽やかなショートパンツ姿。かなり日焼けしていて、身の丈に合わない大型のリュックサックを背負っている。

年齢は——わからないが、あどけない顔つきからして小学校低学年だろう。今は葵に慰められつつ、半泣き状態で謝っている。

「ごご、ごめんなさい。あう、あう……ごめんなさい」

少年の口調はたどたどしく、かなりスローテンポだった。

葵が安心させるように優しく微笑んで、

「やー、そんなに怖がらなくても大丈夫ですよー。このお兄さんはいかめしくて強そうですけど、子供に乱暴とかは絶対しない人ですから」

そう言って、横に立っている栗田に顔を向ける。

「ねっ？　栗田さん」

「ああ、もちろん」

栗田は力強く首肯し、「つか、ひとつ訂正。俺は別にいかめしくないから。いかめしの駅弁は好きだけどな」と付け加えた。

残念ながら少年はくすりともしない。言わなきゃよかったと栗田は思う。

表よりは人通りの少ない仲見世通りの裏道だった。栗田はミリタリージャケットを片手に抱えて、困惑気味に棒立ち。葵は薄着の少年を一生懸命なだめているが、彼の情緒はなかなか安定しない。

――しかし、とんだことになった。

栗田は静かに吐息を漏らす。

先程、栗田の後ろから、突然その少年はぶつかってきた。仲見世通りの活気に目を奪われ、興奮して前を見ていなかったらしい――と、それ自体は別に大したことではないが、彼は右手に特大の白いソフトクリームを握っていたのだ。それが衝突時に栗田の背中に思いきりめり込んだ。

なんじゃこりゃあ――と絶叫こそしなかったが、栗田はつい反射的に少年を睨みつけ、おかげで泣かせてしまったのである。

そんなに怖い顔だったのか。そこまで怯《おび》えられると逆にショックなのだが――。

ともかく少年のソフトクリームは台無しになり、それを丁寧に拭き取った栗田のミリタリージャケットからは、まだ甘いバニラの香りが仄かに漂っている。

「……まぁいいさ」

栗田は肩の力を抜いた。そして可能な限り子供に好かれそうな笑みを表情筋の力で無理やり浮かべ、少年のそばに屈《かが》んで声をかける。

「あのさ。お前、名前は？」

「ああ、うう……」

栗田の力んだ笑顔が功を奏したのか、少年は言《い》い淀《よど》みつつも答えた。

「た、たた、卓也《たくや》……」

「卓也か。将来アイドルとかになれそうな、いい名前じゃねえか。こういう場所では今度から前見て歩けよ。つーか、怖い顔しちまって悪かったな。俺の中ではわりと普通の顔なんだけど――まぁそれはいいとして、あれだ。駄目になったソフトクリーム、俺が買ってやるよ。だから元気出せって。な？」

きょとんとした顔でまばたきする卓也の頭を不器用に撫《な》でながら、栗田は続ける。

「同じ味のやつでいいか？　それともチョコとか別の味のにするか？　なんでも好きなの選んでいいぞ。ほら、ちょうど近くにジェラートの店もあるし――」

「い、いらない！」

ふいに卓也が声を張り上げたので、栗田は面食らって呟く。

「そうなの?」

「あう、うう……。べ、別なやつがいい」

「そっか。別のスイーツか。いいよそれでも。なにが欲しいんだ?」

するると卓也はかぶりを振って、違う違うと意思表示した。そして難しい顔で考え込んだ後、予想もできない奇妙なことを口にする。

「……か、かまぼこ」

「え?」

「ぼ、ぼくは、かまぼこが……好きなんだな」

栗田と葵はきょとんとして顔を見合わせた。

食べ損ねたソフトクリームの代わりにスイーツでもなんでもない、かまぼこが食べたいという欲求は、どんな心の働きから生まれたのだろう?

気まぐれ? それともソフトクリームの甘さに飽き、塩気のあるものが食べたくなったのか? その辺の意図を彼に尋ねても、「かまぼこが好きだから」という意味の言葉しか返ってこないことが、無駄に状況をややこしくしている。いや、逆にシンプルなのだろうか。

「やー、でもまぁ、急に気が変わっちゃうことって誰にでもありますから」

葵に温厚にそう取りなされて、「ん、それは確かにある」と栗田はうなずく。

「言われてみれば、俺もこないだラーメンを食べるつもりで入った町の中華料理店で、いつのまにか天津飯を頼んでた」

「あー、わかりますわかります」

「葵さんも経験ある？」

「それはもちろんありますよ。天津飯だけのつもりだったのに、気づけば青椒肉絲《チンジャオロース》と春巻きと、鶏肉《とりにく》のカシューナッツ炒《いた》めも食べてしまってたり、みたいな」

「……そこまで、がっつりいっちゃう？」

「普段は少食なんですけどね！」

葵は笑顔のまま上品に力説した。

「たまに自分でも知らないうちにスイッチが入っちゃうらしくて。人間の心理って、本当に不思議です」

「ああ……不思議だよな人間心理。あと、葵さんの胃もわりと不思議――」

「あら？　どこからか金木犀《きんもくせい》の香りが。んー、秋を感じるいい匂いですねー」

葵はエレガントに栗田の言葉を聞き流し、栗田をほのぼのした気分にさせた。

さておき、卓也と名乗ったその少年とは、現状いまいち意思の疎通がうまくいっていなかった。

絶妙に要領を得ないと言えばいいのか、話を振っても、かなりずれた答えが返ってくる。返ってこない場合もある。話自体が通じていないことも多い。栗田なりに配慮して、なるべくわかりやすく話しかけているのだが。

「なあ卓也。お前この辺じゃ見ない顔だし、浅草に住んでるわけじゃないだろ。今日はどこから来たんだ？」

「ああ……うう」

「浅草線――やっぱ地下鉄？　それとも都営バスで来たのか？」

栗田が答えを待っていると、やがて卓也はもどかしそうに眉をひそめて、

「わ、わからないいんだな。でも、かか、かまぼこは……食べたい」と呟いた。

「うーん……」

まいったな、と思いながら栗田は言葉をつぐ。

「あのさ卓也。今の俺の質問、どこか難しかった？」

「た、たた、食べたいんだな、かまぼこ……。ぼく、楽しみ！」

ひょっとすると、この子は少し言葉が不自由なのかもしれないと栗田は考える。それとも小学校の低学年なら、人によってはこんな感じだろうか？

わからないが、一度口にしたことだ。約束は守るのが流儀なので、栗田たちは今、卓也と一緒にかまぼこの店へ向かっているところだった。

仲見世通りから程近い浅草中央通りに、わりと有名な水産加工品メーカーの支店がある。もちろん、かまぼこも各種取《と》り揃《そろ》えているから、卓也も満足するはずだ。

時折吹く秋風の中、栗田と葵は真ん中に卓也を挟み、三人並んで路地を歩く。

ややあって、今度は栗田に変わって葵が水を向けた。

「ねえ卓也くん。かまぼこのどういうところが好き？」

「あう？」

「わたしも結構好きなんですよ、かまぼこ」

ほわりと屈託なく微笑んで葵は続ける。

「魚肉を練った食べ物って、時々無性に食べたくなりますからねー。ちくわ、はんぺん、さつま揚げ、なると巻き。卓也くんは、おうちでよく食べるんですか？」

葵が返答を待つ間、卓也は歩きながら彼女にじっと瞳を向けていた。

そうか、葵が話してもやっぱり駄目か――と栗田が内心肩を落としたとき、卓也がぼそりと呟く。

「彼氏……どこが好き？」

「へ？」

「美女と……や、野獣。お姉さんは……趣味がいいんだな」

葵が目を丸くして一瞬、言葉に窮する。

「……なに？　今わたし、なにを言われたんでしょう？」

だが卓也は続きを口にしない。超然とした――あるいはぼんやりした顔で黙っている卓也に、珍しく葵が狼狽《ろうばい》気味に赤くなって捲し立てる。

「確かにジャケットを脱いだ栗田さん、細身なのに胸板は厚くて、しなやかなのに骨張ってて、野生動物みたいな美しさがあるなーって思ってましたけど――いえ、思ってないですけど！　今のどういう意味なんですか、卓也くんっ？」

「す、好きなものは……ひ、人それぞれ」

「はい？」

葵が睫毛《まつげ》の長い目をしばたたき、ふと気づいたように続ける。

「あー、もしかして――好きなものに理由はいらないってことですか？　かまぼこの質問に対する回答も兼ねて？」

「あう？　ご、ごめんなさい。よく……わからない」

卓也は困り顔で俯《うつむ》き、「ぼくはただ、独り言を言っただけなんだな」と呟いた。

ふたりのやりとりを眺めつつ、本当に不思議な少年だと栗田は考える。こちらの話が通じないかと思えば、意外なタイミングで突拍子もない指摘をしたりする。

首を傾げて栗田は声をかけた。

「大丈夫か葵さん？　なんか意味不明なやりとりだったけど、ペットとか飼うなら相談してくれ。これでも動物には好かれるタイプなんだ。犬とか俺にめっちゃなついてくるから」

「やー、ありがとうございます、確かに栗田さんは猫より犬系ですねー」

そのとき、話に気を取られて歩いていた卓也が、くしゃっと道端のなにかを踏む。

見ると、路上に落ちていた紙袋だった。

仲見世通りの揚げ饅頭屋のロゴが入っているから、テイクアウトして食べ歩きした誰かが空になった紙袋を落としたか、ぽいと捨てたのだろう。

卓也は一瞬なにかを考え、踏んだそのゴミを拾って手で丸めた。リュックから取り出したビニール袋に入れて、そのまま一緒にしまう。

「ん……ゴミ？　拾ったのか」

不思議に思って栗田が言うと、「あう」と卓也はうなずいた。

躾《しつけ》の賜物《たまもの》か？　じつは立派な倫理観の持ち主——あるいは単にきれい好きなのかもしれないが、ますます栗田は卓也を不思議な子供だと感じる。

葵は別に訝しむ様子もなく、「いいことですねー」とほんわり上品に微笑んでいた。

まあ、本当に育ちがいい人の価値観というのは案外そんなものなのかもしれない。


やがて件《くだん》の店に着いた。

店内は観光客よりも地元の人で賑《にぎ》わっている。浅草見物に来て、よし、かまぼこを買いに行こうと考える者は多数派ではないということだろう。

「着いたぞ卓也。ほら。約束だし、なんでも好きなの選んできな」

栗田の言葉に、卓也は「うん！」と元気にうなずいて奥へ駆けていく。

後を追うように視線を走らせると、店内には様々なかまぼこが並んでいるのが見えた。品揃えはかなり豊富で、焼きかまぼこや揚げかまぼこ、焼きしんじょなどもある。

「でもなぁ——なんで卓也のやつ、かまぼこなんだか。しょっぱいものが食べたいにしても、もっと手軽な選択肢があるだろうに」

栗田が呟くと、隣の葵が何気ない調子で尋ねた。

「栗田さんは普段食べないんですか？　かまぼこ」

「ん、そうだな。決して嫌いじゃねえけど——むしろ食べると旨いんだけど、なぜか積極的にがつがつ行く気にならないんだよ。よし食べようって思うのは、やっぱ正月かな。一応、縁起物だし」

「はー。お正月ですかー」

葵は店の天井を仰ぎ見るようにした後、ふわっと目を細めて続ける。

「もうすぐですね！」

「ああ、来月はもう十二月だし。なんか最近、一年が経《た》つのが早い気がする」

「きっと日々が充実してる証拠ですよー」

葵は近くに陳列された伊達《だて》巻きに目を留め、わずかに思案して言い添えた。

「お正月と言えば——栗田さんはやっぱりあれですか？　それなりに行事には力を入れる方ですか？　門松を飾って、しめ飾りをして、鏡餅の上にみかんも置いたりして気分上々。元日にはお屠蘇《とそ》を飲みまくって、ぷはーって過ごす感じでしょうか？」

「……俺、そんなイメージなの？」

「いいじゃないですか。お正月ですし、無礼講ですよ。やー、想像すると胸が躍ります。空になった盃《さかずき》をぷるぷると危うげに振って、『酒だ、酒持ってこーい！』と、のたまう栗田さん。慌ててお酒を買いに行き、『あんた、飲みなはれ。浴びるように飲みなはれ』と、なぜか関西弁で勧めるわたし。聞くも涙、語るも涙の、こってりした世界観――正直、たまりません。こうやってわたしは栗田さんを日本一の和菓子職人に導いていくのでしょうか……」

ああ、と葵は胸の前で両手を組み合わせながら、うっとりしている。

「……あのー」

栗田は瞼《まぶた》を半分閉じて言った。

「なんか浸ってるところ申し訳ないけど、俺、酒は飲まないから」

「え？　そうなんですか」

「ああ。……つーか、妄想の中でも手とかぷるぷる震えて、早くもアル中になりかけてるじゃねえか！　日本一の和菓子職人以前の問題だよ。やべえやつだよ」

「言われてみたらそうですねー。少々妄想が膨らみすぎました。ごめんなさい」

謝りつつも葵は頬を綻ばせて嬉《うれ》しそう。その嬉々《きき》とした気分は栗田にも伝わってくるのだが、なにがそんなに彼女の心の琴線に触れているのかは摑《つか》めない。

「マジな話、酒よりも緑茶とかスポーツドリンクの方が好きなんだよ、俺……。もう二十歳だし、法律上は普通に飲酒してもいいんだけどな。葵さんは飲めるのか？」

「わたしはすごいですよ」

葵がさらりと言った。

「そうなのか？」

「ええ。わたし、結構飲めるんです。いつか栗田さんとも一緒に楽しめるといいんですけどね。美味しいお酒——」

なかなか素敵なものなんですよ、と葵は眉尻を下げて照れ臭そうに微笑み、確かにそうなのだろうと栗田も認める。本気で思いを寄せる相手と喜びを共有するのは、なんであれ至福の体験のはずだ。

直後にふと連想が働く。

きっと正月やお屠蘇など、ハレの日のイメージが脳裏に浮かんでいたせいだろう。栗丸堂の営業再開日に、可憐な和装で来てくれた葵の姿を栗田は思い出した。

そうだ——あのとき、葵に言おうとしたことがあった。途中で邪魔が入って、結局なにも伝えられなかったが、本当は誘おうとしたのだ。思い出した今、伝えよう。

「——葵さん」

思いのほか真剣な声が出てしまい、驚いた葵がぱっちりと目を見開く。

「は、い……？」

「来月で今年も終わりだろ？　よかったら、俺と――」

葵にまっすぐ見つめられて柄にもなく栗田は緊張し、すばやく息を吸って意志を固める。誰かが栗田のカットソーを背後からつまみ、くいくい引っ張ったのはまさにそのときだった。

「ああ、もう――なにっ？」

振り返ると、いつのまにか戻ってきた卓也がしょんぼりした顔で立っている。

「卓也？　どうした」

「ない……」

卓也が元気のない声でぼそぼそと呟く。

「店の人に訊いたけど、ぼ、ぼくの欲しいかまぼこ……売ってなかった」

「え、そうなのか？」

栗田は思わず眉を持ち上げた。ここなら大抵のかまぼこが売っていそうだが。

「まぁ慌てんなよ。俺が店の人に詳しく訊いてみてやるから。どんなかまぼこが欲しいんだ？」

栗田が尋ねると、卓也は事ここに至って、またしても突拍子もない返答をする。

「鳥」

「……はい？」

「ぼ、ぼくが欲しいのは……と、とと、鳥のかまぼこなんだな」

さすがの栗田もこれには唖然《あぜん》とさせられ、葵と一緒に埴輪《はにわ》のように立ち尽くした。

＊

鳥のかまぼこ――そもそも鶏肉で作られたかまぼこなんて存在するのだろうか？

栗田が店員に尋ねると、「うーん……ごめん。聞いたことない。少なくとも、うちの系列の店には置いてないなぁ」とのことだった。

水産加工品メーカーなのだから、まあ当然だろう。だいいち鶏肉で作ったそれは、かまぼこではなく「つくね」と呼ばれるのでは？

そう考えた栗田たちは、次に最寄りの精肉店へ向かった。

だが陳列されたどの品を見ても、卓也は芳しい反応をしない。店主に訊いても先程と同じく有益な情報は得られなかった。

「うーむ……」

店を出て、腕組みしながら思案する栗田の後ろで、「ああ、うう」と卓也が残念そうにうなっている。

「どうしましょうか、栗田さん？」

葵が少し困った顔で言った。

「大丈夫。浅草は俺の庭みたいなもんだ。まだ当てはあるさ」

ここまで来たら乗りかかった船だ――というより半分意地だった。こんな中途半端な状態では投げ出せない。卓也の望みを叶《かな》えてやりたいし、自分としても悔しいのだ。今回は山の手のお嬢様である葵ではなく、下町育ちで周辺事情を知悉《ちしつ》している自分の出番だろう。

それから栗田たちは老舗の鶏肉専門店、全国の珍味を集めた店、特殊な創作料理の店などに足を運んだ。だが結果は芳しくなく、卓也が満足するものはない。

町歩きの途中、親疎《しんそ》通りで偶然出くわした中之条に話を振ったところ、

「鶏肉のかまぼこなんて聞いたことないですよ。ほんとにそんなのあるんですか？」

などと逆に問い返される始末だ。

卓也が「あ、ある……」と答えると、中之条は苦い顔で後頭部を掻きながら言う。

「そうなんだ。世の中まだまだ広いな。——お役に立てなくてすみません、栗さん」

「ん。別にいいって」

「できれば僕も一緒にお手伝いしたいところなんですけどね。残念ながら、今日はこれから用事がありまして」

「定休日なんだから気にすんなよ。なに？　映画でも観に行くわけ？」

栗田が何気なく言うと、中之条は「いえ、かっぱ橋《ばし》に行くだけです。ちょっと欲しい調理器具があって」と答える。

「そっか。まぁ、あそこに行けば大体なんでも揃うからな」

かっぱ橋道具街は厨房《ちゅうぼう》機器から店の看板まで、飲食業に関するあらゆる品物が揃うと言われるプロ御用達の問屋街。食品サンプルやそのミニチュアなども種類が豊富で、じつは観光客にも人気が高い。

「調理器具は、なるべくいいもの選べよ。長く使えるものは手に馴染んで、あとあと味が出てくるから」

「栗丸堂の製菓道具は、どれも年季入ってますもんね！　それじゃ、僕はこれで」

中之条は栗田たちに軽く一礼して立ち去った。

「——ふう」

栗田は嘆息して、「やっぱ中之条も知らないか、まぁそうだよな。……なんて物分かりよく受け入れてる場合じゃねえ。かっぱ橋の話題でふと思ったけど――なあ卓也。お前の欲しがってるかまぼこって、そもそもほんとに食べ物なのか？　ちゃんと食べられるものでいいんだよな？」

そう口にして、卓也にひたと向き直る。

改めて確認しておこうと思ったのだ。

その場の流れと勢いもあり、ずっと鶏肉のかまぼこを探していた。鶏肉をすり潰して成形し、蒸して固めたものだと思い込んでいたが、卓也が最初に所望したのは正確には『鳥のかまぼこ』だ。もしかすると一般名称ではないのかもしれない。

じつは鳥がかまぼこをくわえた姿の動物フィギュアのタイトル――みたいな真相だったりはしないだろうか？　かっぱ橋道具街を隅々まで探せば、そんな変わり種の食品サンプルも売っている可能性はゼロではない。

「どうなんだ、卓也？」

「た、食べられる……」

栗田の態度に真剣なものを感じたのか、存外しっかり卓也は答える。

予想もしないことを――。

「それは……あ、ああ、甘いんだな」

「なに？」

虚をつかれる栗田に、「甘い、鳥のかまぼこ」と卓也は続ける。

「甘い……鳥……鶴……かまぼこ……。ぼ、ぼくが食べたいのは……それ！」

「おいおいおい」

町中探した今になって次々と飛び出てきた新事実に、栗田は路上にへたり込みたくなった。そして、より深い混乱に陥る。

——甘い、鳥、鶴、かまぼこ？

なんだろう。まるで不思議の国のアリスの謎かけのように、関連性が摑めない。カラスと書き物机が似ているのはなぜか、なんて訊かれても和菓子職人としては困る。

「ったく……。マジで見当もつかないんだな」

思わず卓也の口調でぼやく栗田を、葵が「まあまあ、なんとかなりますよ、なんだな」と困ったような笑顔で慰めた。


休憩して英気を取り戻そうという葵の一言で、栗田たちは近くのカフェに入った。

パフェの品揃えが豊富なカフェだ。三人で窓際のテーブルにつき、栗田は抹茶パフェを、葵は十種類の果物が入ったフルーツパフェに決める。

「やー、どのパフェも豪華で美味しそうですねー。卓也くんはどれにしますか？」

「あう……」

葵の問いに、卓也はなにか物色するように落ち着きなく店内を見回し、やがて斜め横のテーブルで老婦人が食べているフルーツゼリーを指差して、「あれ」と答えた。

「フルーツゼリーですか。たまに無性に食べたくなりますよね。でもいいんですか、卓也くん？　ここってパフェがお勧めの店みたいですけど」

「ぼ、ぼくは……ぎ、牛乳アレルギーなんだな」

「あ、そうだったんですか」

アレルギーの件が最初からわかっていたら他の店にしたのだが――とはいえ、もう仕方がない。栗田はてきぱきと全員分をまとめて注文。皆がゆったりと椅子に腰掛け、スイーツが運ばれてくるのを待つ。

秋の気怠い陽光に照らされた町並みを眺めているうちに、いつしか栗田は自然と物思いに耽っていた。

――しかし、俺もなにやってるんだか。

今更ながら苦い気分になる。

本来なら今は間近に迫った弓野との茶菓子対決に向け、試作品のひとつでも作っているべき時期。にもかかわらず、まだ基本的な方針も定まっていない。

どう言えばいいのだろう。なぜか今回は迂闊《うかつ》に突き進むと、後戻りできない感じがするのだ。理屈を超えた栗田の直感――それがなにから生じて、どんな行動をさせたいのか、本来はもっと仔細《しさい》に検討しなければならないのに、今やっているのは謎のかまぼこ探し。見知らぬ子供のために必死で町中を徘徊している。

もしも今の状況を弓野に知られたら、

『わぁ、栗田くん余裕たっぷり！　僕をないがしろにして、そんなお子様と仲良くしてるなんて、きっと精神年齢がとっても近いんだろうね！』

なんて無邪気に揶揄《やゆ》されてしまいそうだ。

――でも俺、こういうの放っておけねえんだよな……。

栗田はそっと吐息を漏らす。

浅草生まれの性分だろうか。自分より弱い立場の者――とくに今回の卓也のような子供が困っていたら、やっぱり無視できないのだ。なんとかしてやりたい。理屈として正しいかどうかではなく、ただ自分がそうしたいのだ。もしかすると幼い頃に近所の人たちに叱られたり、ときには親切にしてもらったり——形はどうあれ気にかけてもらった古い記憶が影響しているのかもしれない。

そんな栗田の心情に寄り添い、さりげなく付き合ってくれる葵には本当に感謝している。口には出せないが、日本中に胸を張れる自慢の彼女だ。

そう思って顔を上げると、対面の葵は顎をつまみ、何事かを真剣に黙考している。

「ん……。葵さん、考え事か？」

「あーいえ、大したことでは。この件、どうやって万事丸く収めようかとプランを練っていただけです。もちろん方法は色々あるんでしょうけどね」

「え？　まさか——かまぼこの謎が解けたのか？」

「あ、はい。ちょっと前に」

葵は羽毛のように柔らかく目を細めた。

「ただ、事情が事情ですし、手短には済ませたくないんですよ。ビターな結末はやっぱり嫌なので。なんて言うんでしょう。問題をすらすら解消した後、がつんとやった上で最後はふわっ——みたいな落としどころが望ましいんです。できれば栗田さんに作ってほしいものがあるんですけど、お願いできますか？」

「ああ。任せろ！」

「やったー」

「まぁ、なに言ってんのか、かなり意味不明だったけどな。球がスッと来たら、ぐっと構えて、ガーンと打てばいい、じゃねえんだから」

「やー、ごめんなさい端折《はしょ》りすぎました。詳しく説明するとですね――」

葵は栗田に顔を近づけると、早口で耳打ちする。かすかな甘い香りに若干どぎまぎしながら聞いたその話の内容は、まさしく栗田の意表をつくものだった。

＊

本来、定休日で閉まっていたところを特別に開けてくれたらしい。

細川《ほそかわ》卓也は案内された栗丸堂という和菓子屋の誰もいないイートインで、ふたりが来るのを待っていた。

栗田と葵――親切で、どこか華のある男女だ。先程カフェで休憩し終わった後、ふたりは卓也の望むものを用意すると言い、この店へ連れてきた。そして少し待っているように告げて奥へ消える。ひとり残された卓也は呆気に取られつつも、テーブルで所在なく足をぷらぷらさせて待っていたのだが――。

しばらくすると白衣姿の栗田と葵が、店の奥から颯爽《さっそう》と姿を現した。

「おう、待たせたな」

栗田が言い、隣の葵が彼の言葉を引き取るように続ける。

「やー、色々とご苦労様です。なにはともあれ、もう大丈夫ですから安心してくつろいでくださいね。今回は本当にお疲れ様でしたー」

どこか不思議な葵の言い回しに、卓也は困惑する。

一連の言葉を葵は栗田ではなく、卓也に向かって告げたのだ。お疲れ様でした？どちらかと言えば、それは今まで粉骨砕身してきた栗田にかける言葉じゃないか？

「さて、では準備もできたことですし、始めましょう」

葵は卓也に近づくと意外な言葉をかけてくる。

「アーユートラベリング？　アンド、アーユーセパレーティドフロム、ヨーペアレンツ、ライト？」

卓也は目を見開く。肩の力が一挙に抜けた。

——なんだ。この葵って人、英語が話せたのか……。

「ユアトラベリング、アブロード、ライト？」葵が言った。

「イエス！」

「はぁ、通じてよかった。苦手なんですよ、英会話ー」

葵が胸の前で手のひらを柔らかく合わせ、卓也も安堵《あんど》の息をほうっと吐く。

不覚ながら、ほとんどの日本人には日本語しか通じないものだと思い込んでいた。両親からそう聞かされていたのだ。だから自分でも無理をして、不得手な日本語をずっと使っていたのだが、英語が通じるとわかった以上、もう心配ない。

ああそうか。先程の葵の『お疲れ様でした』発言はそういう意味だったのか、と遅ればせながら卓也は理解する。

だが安心して大事なことを聞き逃していた。それについて指摘したのは、葵の隣で鳩《はと》が豆電球を食べたときのような仏頂面をしていた栗田である。

「あー……。なんか、卓也が海外旅行中で？ 今は親とはぐれて迷子だってことだけは漠然とわかったわ。でもよ――なんで？ どうしてなんの説明もなく、葵さんがそれを言い当てられるんだ？」

確かに、と卓也も気づく。今の葵の質問は相当に唐突だった。

「やー、ささやかな齟齬についてて考えてるうちに、引っかかっていたいろんなネタが結合しちゃいまして。さあ、もうなにもかもわかってるんですよ、卓也くん。今がどんな状況なのか、正直にわたしたちに打ち明けてください。そうすれば――あなたの願いは叶います！」

どうやらすべてを見抜かれているらしい。内心どきどきしながら卓也は思い返す。

こんな突飛な事態に陥る羽目になった、一部始終を——。

細川卓也は、日本生まれのシンガポール育ち。

仕事の都合で移住した日本人の両親と、父方の祖母を含めた四人で、シンガポールのイーストエリアで暮らしている。

生活環境が大きく変わった影響で早熟なのだと言われがちな卓也だが、日本を離れたのは物心がつく前だ。だから日本語は不得意で、とくに話すのは大の苦手。父が収集している日本の古いTVドラマ——放浪する天才画家の物語——をこっそり視聴して覚えようとしているのに、まるで上達の気配がない。

シンガポールの公用語は英語、マレー語、中国語、タミル語。

卓也も普段は主に英語で話していた。

息子の第一言語を英語にするのが母の教育方針だったからだ。

ふたつの言語を使用する——いわゆるバイリンガル教育に失敗すると、両方とも中途半端になり、言葉による深い思考力が伸び悩む場合があるらしく、それを危惧したのだという。日本で暮らすことはもうないという事情もあって、家の中でも卓也の前では皆が英語で話すルールである。

余談はさておき。

現在、卓也たち細川家の人々は、葵が言ったとおり、日本への旅行の最中。そして今日は両親と祖母が別行動をする予定だった。

どうも行きたい場所が一致しなかったらしく、だったら二手に分かれて夕食時に合流しよう——と、そんな話になったらしい。

卓也は両親と皇居を見に行くことになっていたが、朝食後ホテルをチェックアウトして別行動に移る直前、何気なく祖母に行き先を尋ねたのをきっかけに、奇妙な運命の歯車が回り出す。

「ところでおばあちゃんは今日、どこに行くの？」

「浅草だよ」

答えた祖母がなんだか嬉しそうに見えたので、卓也は好奇心を刺激された。

ちなみに母の前なので、祖母とのこの会話も実際には英語で行われている。

「浅草ってどんなとこ？」

「そうだねぇ。いつもお祭りみたいに賑やかな町。雷門とか大提灯《おおぢょうちん》とか人力車とか、日本の懐かしいものが、ごった煮みたいになってるところだよ。卓也のママはああいう場所が苦手みたいだけど、あたしは東京の下町育ちだからね。浅草のことを思うと今でもわくわくするんだ。お土産に珍しいものを買ってきてあげようね」

「珍しいものってなに？」

「美味しいもの」

祖母はにこにこして言った。「美味しくて珍しい、日本の食べ物だよ」

「へえ！　どんなやつ？」

つい身を乗り出す卓也に、祖母は悪戯《いたずら》っぽく黒目をくるっと動かして答える。

「かまぼこ」

「なーんだ。それなら知ってる」

「――みたいな形だけど、それは仮の姿。見た目はかまぼこそっくりなのに、味はまるで違うんだ。ちょっと不思議なものでね。普通の名前の他に、鳥にちなんだ名前なんかも持ってるよ。ヒントは鶴。甘くて、そりゃあ美味しいんだ」

祖母の言葉に卓也は俄然《がぜん》、興味が掻き立てられた。

「えー、なにそれ？　なぞなぞっ？　わかんないよう、答え教えて！」

「あはは、帰ってきてからのお楽しみ。じゃあまた後でね」

祖母はひとりで意気揚々と東京駅の方向へ歩き去ってしまった。


——かまぼこ、鳥、鶴、甘い。

心の中でキーワードが踊る。それってどんな食べ物だろう？

両親と皇居外苑を散策している間も、卓也は気になって仕方がなかった。

父も母も、卓也には面白みがよくわからない公園のような風景にすっかり見入っている。退屈した卓也のことは完全にほったらかしだ。

そのうち我慢の限界が来る。

——こうなったら……やっちゃえっ。

卓也はこっそり両親のもとを離れると、祖母と合流するために浅草へ向かった。

——大丈夫、なんてことない。スマホも日本用に設定してもらってるし、いざってときはGPSもある。

卓也は東京駅から上野駅《うえのえき》まで行くと、黄色い車体の地下鉄に乗り換える。

やがて浅草駅に着いて地上へ出ると、赤と緑の派手な風景に思わず目を奪われた。

——うわぁ……なんかすごい！

町は活気でいっぱいだ。最初からこっちに来ればよかったと思いながら大通りを進んでいくと、巨大な提灯のある門が見えてくる。近くには人力車も停《と》まっていた。

——ああ、おばあちゃんが言ってたのは、これだぁ……。

子供心にも素直に響く、日本の心躍る光景。この感動を今すぐ祖母に伝えようと思い、卓也はスマートフォンを取り出そうとした。

なかった。

「……え？」

慌てて体中まさぐるが、どこにもない。

血の気が引いた。命綱とも言えるスマートフォンをどこかで落としてしまったらしい。連絡先は全部そこに入力しているから、誰の電話番号も覚えていなかった。これでは祖母に合流できないし、かといって両親のもとにも帰れない。あれから相当な時間が経っているから、戻っても両親は同じ場所にいないだろう。

自分の万能感は、スマートフォンあってのものだったことに卓也は気づく。

「うわあぁ……。どうしよう」

慣れない国の初めての町で行き場を失い、卓也はひとり絶望的に立《た》ち竦《すく》んだ。

駅までの道を行ったり来たりしてスマートフォンを探したものの、やっぱり見つからず、卓也はいつのまにか再び雷門の前に戻ってきていた。

雑踏の中、ひりつくような時間が流れた。心細くて涙が出そうになる。

近くの交番に駆け込んで助けを求めようかと、卓也は何度も真剣に考えた。

でも――。

交番に行くのは、やっぱりおおごとだ。警察官はどうしても怖いイメージがある。それに助けてもらっても、警察のお世話になったことを今後もずっと家族に話題にされるだろう。なにかにつけて気難しい母にちくちく言われる。

だったら。

むしろ、赤の他人に助けてもらった方がよくないか？

なんの根拠もないただの印象なのだが、この町の人は親切そうに見える。事と次第によっては、見ず知らずの相手でも助けてくれるんじゃないだろうか？

誰かの助けを借りて祖母と合流してしまえば、一応は最初の計画どおりだ。落としたスマートフォンは祖母のそれから電話して、拾った人に届けてもらえばいい。

――おばあちゃんは今、『かまぼこ、鳥、鶴、甘い』……これらの言葉が当てはまる食べ物の店にいる。そこまで案内してくれそうな親切な人と知り合えれば――。

心細さと不安の極限で、悩んでいるうちに卓也は吹っ切れた。

——とにかく、やらなきゃ……。もうやるしかないんだ！

そして卓也は近くの店でソフトクリームを買うと、人通りの多い道へ赴く。

行き交う人々を無我夢中で観察しているうちに、仲がよさそうな男女を見かけた。

きっとデートの最中。だったら怒らないはずだ。

角度のせいで男の顔はよく見えないが、女の人は今日見た中で一番優しそうだった。

それなら男もおとなしいに決まっている。子供の洞察力は鋭いのだ。

——よし、決めた！

卓也は勇ましくソフトクリームを構えると、その男、栗田仁の背中へ全速力で突っ込んでいったのだった——。


「……なるほどな」

葵から一連の話を通訳してもらった栗田が、眉間に深い縦皺《たてじわ》を刻んで言った。

「最初の出会いはわざとだったのか。ソフトクリームを台無しにされて、被害者ヅラしとけば、負い目で俺らがほいほい言うこと聞いてくれると思ったんだなコラ？」

「は、はは、はぃぃ……」

卓也は震えてうなずく。

実際にはとんだ見込み違いで、ぶつかっていった相手は強面の青年だった。

振り返って卓也を睨みつけた際のあの形相――猛獣と出くわしたように感じた。

ショックで卓也は衝動的に泣き出し、だが結果的にはそれが幸いする。責任を感じた彼らは一生懸命、卓也の望むものが売っていそうな店を探してくれたのだ。

人の優しさは外見からはわからないものだと、つくづく思い知った。

「んじゃ、あれか。葵さんが言ってたささやかな齟齬ってのは、ソフトクリームのことか。そこから卓也がなにか企《たくら》んでるって推察したわけだな？」

栗田の言葉に葵がうなずいた。

「さっきのカフェで牛乳アレルギーだって言ってましたからね。パフェにはアイスクリームや生クリームが使われてますから、食べないのが正解なんですけど――じゃあ最初にソフトクリームを持ってたのはなぜかって思ったんです。もしかしてわざと？だったらこのプランの裏には、どんな理由が考えられるだろうって」

「なるほどな」

「日本語が拙いので、ここはシンプルに海外から来たお客さんかなーと考えました。

例えば旅行中に親御さんとはぐれて困ってる迷子さんとか。よくわからない食べ物を探してるのは、じつはそれが売ってる店に親御さんがいるからとか」

「すげえ……。言われてみたら、滅茶苦茶もっともな話に聞こえる。まぁ、それまで全然気づかなかったけど」

「あと、途中で卓也くんが路上のゴミを拾ってましたよね？　シンガポールではゴミをポイ捨てすると、罰金なんです」

「あ！　聞いたことある。結構有名な話だよな。そっか……シンガポールか」

「まーまー、なにはともあれ、海外旅行者の卓也くんがややこしい事情を抱えてることは確実でした。だったら、どんな言語が通じるのかも兼ねて、確かめようと思いまして」

「で、まずは英語か。納得」

栗田と葵のそんなやりとりを聞きながら、卓也は素直に感嘆していた。

一見おっとりしている葵。でもじつは根っこにある天性の聡明さが無意識のうちに余裕となって、態度に影響を与えているのかもしれない。

——人は見かけによらないって言葉……深いな。

したり顔で卓也がうなずいていると、栗田がこちらに向き直った。

「それはそうと卓也。お前、なんか忘れてることない?」

「へ?」

しばらく頭を捻《ひね》っても思い当たるものはなかった。

「ない」

卓也がそう答えた次の瞬間、栗田が胃の腑《ふ》まで響くような声を出す。

「この——すっとこどっこい!」

「ひゃ!」

驚愕《きょうがく》で飛び上がりそうになった。卓也は体を縮こまらせて眼前の青年を見上げる。

「お前が大変な状況だったのはわかったよ。知らない土地で不安なのに、マジでよく考えた。だけどよ——なんで正直に助けを求めなかった? 意図的に被害者になるとか、せこい方法で人をひっかけやがって」

卓也にひたと真剣な瞳を向けて栗田は告げる。

「見くびんな」

「えっ——」

「たぶんお前は早熟で賢いんだろう。だからこそ、人は理由もなく他人の世話を焼かないなんて思ったんだろう。でもな——困ってるガキを見たら俺は助けるよ。俺だけじゃない。多くのやつが同じことをする。理屈じゃねえんだ。困って途方に暮れてる子供を、大人が無視してたまるか。お前はもっと人を信じろ！」

胸がかっと熱くなった。なぜだかわからないが、泣きそうになる。

そして自分が忘れていたものはなにか、自然と思い出した。

「――ごめんなさい」

心の底から込み上げる感情のままに、卓也は涙目で反省の言葉を口にする。

「ふ、不安で……怖くて……ついあんなこと……。ほ、本当にごめんなさい！」

「ん」

栗田はあっさり謝罪を受け入れた。

「わかりゃいいんだ。誰だってやらかすことはあるからな。みんなそうやって大人になっていくんだよ。だから泣くなって」

栗田が、にやっと不器用に笑ってみせる。

すると卓也の中に、巨大な毛布にくるまれたような安堵感が広がっていった。

ああ、なんて大らかな――。そうか、これが包容力ってものか。

栗田は一見、喧嘩が強そうな強面。でも、それ以上に優しくて懐が深い、大きな男なのだと卓也は理解した。

「さてと。反省もしたところで、お楽しみの時間と行くか、葵さん」

「ですねー。待ってました！」

栗田と葵は連れ立って店の奥へ向かうと、丸い菓子皿を持って戻ってくる。

そこに載っているのは既視感のある食べ物――程よく厚みのある半月形で、平らな部分が皿に面しており、ふちが淡いピンク色。真ん中の部分は白い。

それはかまぼこ形の――いや、色も形も、どう見てもかまぼこだった。

「はい、どうぞー。あなたが探してたのはこれです、卓也くん」

卓也のテーブルに菓子皿を置いて葵が続ける。

「すあま、っていうんですよ。かまぼこじゃなくて」

「……す、すあま？」

卓也はまばたきする。これが――祖母の言っていた『かまぼこみたいな形で、鳥にちなんだ名前を持ち、ヒントは鶴の、甘い食べ物』。

「まぁ、食ってみろよ」

栗田に促され、卓也は菓子楊枝《ようじ》をおそるおそるそれに刺して口に入れた。

すると口内に、ほやほやした優しい感触が入り込んでくる。

「わあ――」

歯を立てると、むっちりと柔らかな弾力。

生地を歯で心地よく押し潰すたびに、淡い甘さが口いっぱいに広がる。

ほっとするような素朴な甘さだ。食感は餅に似ているが、重たい感じはしない。

ふわっとソフトな口当たり。そして噛むともっちり、むにむに――。

夢のような優しい甘さに包まれて、卓也はすあまを満喫する。

「いかがですか？　栗田さんが作ってくれた、できたてのすあまの味は」

――ぼくのために作ってくれたのか……。あれほど迷惑をかけたのに。

改めて深く心を打たれ、卓也は全身全霊で答える。

「お、美味しいっ！」

すると葵は午後の陽だまりのように優しく微笑んだ。

「すあまは餅米ではなく、上新粉に砂糖を混ぜて蒸して作るシンプルな和菓子です。寿に甘いで〝寿甘〟と書いたりもするので、もとは祝い事で食べる甘いもの、みたいな意味だったのでしょう。色もおめでたく紅白ですしね。食感がお餅みたいなので、実際にそう言われたりもしますよ。これはスタンダードなかまぼこ形ですけど、卵形のすあまは『鶴の子餅』とも呼ばれます。だからヒントは〝鶴〟」

そこまで語ると葵は栗田に顔を向けた。

「ねっ？　栗田さん」

「ん、そのとおり。……つーか葵さん。すあまの件、いつ気づいたんだ？」

「甘いかまぼこと卓也くんが口にしたときです。瞬間的にぱっと」

「早っ！」

ふたりの話を聞きながら卓也は思い出す。そうか。あのときに、もう——。

浅草の様々な店を巡った後のことだ。「マジで見当もつかないんだな」と卓也の口調で呟いた栗田を、「まあまあ、なんとかなりますよ、なんだな」と葵は慰めていたが、あれはじつは根拠と確信のある言葉だったらしい。

なにはともあれ、謎は美味しく解けた。

祖母が言ったキーワードをすべて満たす食べ物は、すあま。思えば祖母は餅が好きだが、餡はやや苦手。だから、すあまを買ってくると言ったのだろう。

得心する卓也に、栗田がぶっきらぼうに微笑んで言う。

「ま、後のことは心配すんな。俺が浅草ですあまを売ってる全和菓子屋に電話して、おばあちゃん客が来店したら、シンガポールからの旅行客か訊いてくれるように頼んどく。お土産に買うって言ってたのなら、まだ大丈夫だろ。観光して歩くとき、荷物になるからな。連絡が取れたら迎えに来てもらえばいい。今は思う存分食えよ」

「……うん！」

卓也は感動で胸を詰まらせる。

この優しさ。日本のあたたかい人情。本当にありがたい――。

まるで、すあまの優しい甘味みたいだ。

おばあちゃんが浅草を好きな理由がぼくにもわかったよ。

ああ、たまらないなぁ。

美味しいなぁ――。

まるで幸せな夢を見ているような気分で、卓也はすあまを残さずたいらげた。

＊

「ふう。これでなんとか一件落着だな」

静かになった栗丸堂の店内で、栗田は吐息をついた。隣の葵が「いい出来でしたね、あのすあま」と黒髪をさらりと片耳にかけてねぎらう。

栗田はつい照れて、なんの変哲もない店の壁を見た。

「まぁ、そんな難しいもんじゃないから……」

「いえいえ、さすがの腕前でしたよ。それはそれとして、運よかったですよね、卓也くんのお祖母《ばあ》様の件。タイミングがぴったり合って」

「ああ。その件は確かに」

栗田は最初、浅草中の和菓子屋に連絡するくらいの気構えでいたのだが、実際にはたった三度目の電話で卓也の祖母に行き着いた。運よくその店にいたのだ。事情を説明して、すぐに栗丸堂まで来てもらい、卓也と引き合わせた。

「く、栗田さん、葵さん……。ここ、このご恩は……忘れません。ほ、ほんとにほんとに……ありがとうございました！」

最後はしっかり日本語で礼を言うと、卓也は祖母と一緒に安心しきった顔で栗丸堂から去っていったのだった。

「しかし、思えばとんでもないガキだったよな。迷子で不安だからって、よくあんなこと実行したもんだ」

栗田が溜息まじりに言うと、葵は少し意外な言葉を返す。

「だからこそ、あれほど大胆になれたのかもしれませんねー」

「ん？　というと？」

「心細いときって精神的に守りに入りますから、どうしても普段と違う態度を取ってしまいがちなんです。強がったり、誤魔化したり、気持ちとは裏腹な選択をしてしまう。内面が防衛的になっているからこそ、外面は攻撃的になることもあるんです。卓也くんの場合は、不自然なほどの行動力として表に出たんじゃないでしょうか」

「そっ――か」

言われてみれば、確かにそういうものかもしれない。

そして直後に、思いもしない方向から流星のように発想が降ってきた。

そうか、と栗田は呟く。そういうことだったのか――。

長い間、心に引っかかっていたことがあった。それがなんなのか自分でも正体を摑めなくて方針を決められずにいたが、違和感の理由が今わかった。

「なあ、葵さん！　突然だけど、白鷺の茶菓子の件で話があって！」

「急にどうしました？」

栗田が熱っぽく語り出すと、葵は長い睫毛に縁取られた目を大きく見開いた。

＊

「今日はご足労ありがとう。茶菓子対決の日にはまだ早いが――用はやっぱりその件だよな。前倒しで早く勝負したいって相談か？」

次の日の夕方。少し早めに店の仕事を切り上げた栗田と葵、そして弓野は高田馬場にある白鷺家の本邸の一室で、白鷺敦と向かい合っていた。

直接会って皆で話せるように栗田が段取りを組んだのだ。用件は、残念ながら白鷺が今言ったことではない。

「いーや、逆。ここまで引っ張ってあれだけど、勝負はしない」

栗田が告げると、白鷺は目を丸くする。

「勝負しない……？　しかし――いいのか、お前たち？」

「いいよ、全然構わねえよ。つーか、俺はもともと乗り気じゃなかったからな。あのときは弓野に乗せられて、つい突っ走っちまっただけ」

栗田が言うと、右隣に座っている弓野が「ふふ、猪突猛進《ちょとつもうしん》だったよね。百一匹うりぼう大行進！」と口を挟んで爽やかに微笑んだ。

「……そうやって思いついたこと脊髄反射的に喋《しゃべ》るの、やめてもらっていいすか？　話続けるぞ」

栗田は白鷺に顔を向ける。

「お前も本音では勝負なんてしなくてもいいのにって思ってただろ？　あの日は本来、

俺と弓野の茶菓子対決みたいな用件じゃなかったからな。白鷺流の門下生の古い友人が三人、京都から遊びに来るから、もてなしてやりたい――正式な茶会じゃなくて気取らない、もっと砕けた感じの席を設けたいって話だった」

「ですねー」

栗田の左隣で葵が言った。「その砕けたお茶会で出すためのお菓子について語り合いたいって趣旨でした」

「ん」

白鷺がわずかに顎を引いて続ける。

「それは――そう、確かにそのとおりだ。俺は別に栗田と弓野くんの優劣をつけたかったわけじゃない。でも、だったらどうする？　俺の頼んだ茶菓子の件――」

「心配ねえよ。今日ちゃんと持ってきてるから。一番いい形で解決するから」

栗田は持参した杉折箱《すぎおりばこ》をそっと畳に置くと、白鷺の方へ差し出す。

蓋を開けた白鷺は「これは……？」と目を見張った。

箱の中には、緑と黄色の二色が組み合わされたトンネル形の細長い和菓子が一本、入っている。

「切ってないやつは見たことなかったか？　それは州浜《すはま》。すあまじゃないところがポイント」

栗田はわずかに口角を上げて続けた。

「州浜は伝統ある茶席菓子だけど、京都ではとくに有名。発祥地だって言われてるし、最近まで江戸時代から続く有名な老舗もあったからな。俺と葵さんと、弓野の意見も一致したから、お前の友達も喜んでくれると思う。定番じゃねえかって突っ込まれる可能性もあるけど——まぁ、それも含めてせっかく集まったんだ。満足いくまで語り合おうじゃねえか」

「栗田……」

目を輝かせる白鷺の前で、栗田は思い出していた。

先日、卓也の件が解決したとき、すあまから州浜をすぐに連想した。その後、葵とふたりで弓野の店を訪れ、今回の取り組み方について相談したのだった——。

「というわけで、俺は白鷺に州浜を勧めようと思うんだけど、どうよ？」

「びっくり！」

あの日、夢祭菓子舗の奥の部屋で、栗田の話を聞いた弓野は、突然そんな声をあげて葵を軽く仰《の》け反《ぞ》らせたものである。もちろん栗田も戸惑って眉をひそめた。

「びっくり——って。なにその反応？　むしろこっちが驚いたんだが」

「やぁ、だって僕も州浜を出すつもりだったからね。茶席で使う京都の干菓子なら、個人的にはやっぱりそれが一番だよ。でも本当に予想外。栗田くんのことだから、もっと的外れなものを用意すると思ってた」

「下げるな、面と向かって人のこと下げんな……。でも、そっか。同じ州浜なら俺も都合がいい。いっそコラボして一緒に作るか？　じつはその方が白鷺の目的には沿うんだよ。あいつがほんとに求めてるものは、対決でも勝負でもない」

「そうなの？　不思議」

「まぁ、お前も大概、不思議なやつだけどな」

「それで、白鷺くんの本当の望みっていうのは、なんなの？」

「ああ。ざっくり言うと——」

栗田がそれについて説明すると、弓野は猫のような目をしばたたいて、

「そっかぁ……。そういうことなら納得だよ。僕としてはここで栗田くんに圧勝して白鷺流の御用達の座を譲られる展開も悪くないなって思ってたけど、今回やることじゃないみたいだ。一時休戦しよう」とあっけらかんと言った。

「なんだよ。意外と物分かりいいな」

「だって、それが僕の行動指針だもん。正解がわかったら余計なことはしない。頑張らない。無駄なく目的を達成するのが一番重要。そういうきれいな生き方が和菓子の出来にも反映するんだよ」

「お前の価値観は、なんか俺には理解しがたいんだけど――まぁいいや。他人にけちつけるほど人生経験豊かでもねえ。とりあえず作るか」

「うん。これで僕たち、ますます仲良しになれるね！」


――と、そんな一幕を経て、栗田たちは協力して州浜を作ったのだった。

最初は揉《も》めるんじゃないかという危惧もあったが、なにかと聡明な葵がいたし、関西出身の弓野が京菓子の製法を熟知していたこともあって、速やかに完成する。

そして今日、こうして三人で州浜を携えて白鷺の本邸を訪れたわけだ。

箱の中の州浜に見入っている白鷺に、栗田は語る。

「まぁ、あれだな。俺らがここで勝負とかしてたら、本来の目的が果たせなくなっちまうし。白鷺――お前、ほんとは自信が欲しかったんじゃないのか。京都の茶菓子は一種の口実で、本音は話を聞いてほしかった。なんかこう、俺らに背中を押してほしかった、みたいな」

白鷺がはっと顔を上げる。

「栗田……なぜそれを？」

「らしくない、腰の引けた言動が目立ったからな。白鷺流の次期家元で、あれだけの腕を持ってるお前が、何度も不自然に強調してた。今回やろうとしてるのは茶会じゃないとか、砕けた集まりだとか。茶菓子の相談を持ちかけてるのに」

栗田は思い出す。

――「今回のは正式な茶会じゃなく、もっと砕けた集まり」

――「形式張らない簡易なものだ」

白鷺のそんな発言の裏に、葵から聞いた話に通じるものを感じたのだ。

葵は言っていた――心細いときは精神的に守りに入るから、普段と違う態度を取ってしまいがち。強がったり、誤魔化したり、気持ちとは裏腹な選択をしてしまう。

それらに照らし合わせると、白鷺の心理が垣間見《かいまみ》える気がする。

今回京都から来る白鷺の昔の友人は、幼少期から白鷺流を学んでいる門弟。素人ではなく、かなり高いレベルで茶を嗜むのだろう。

だからこそ白鷺はささやかな不安を感じているのでは？

胸襟を開いて友達をもてなせるのか、高度な茶人の期待に応えられるのか。二つの要素を満たさなければならない。

友として、次期家元としての漠然とした自信のなさは、不自然な逃げの言葉として表出した。栗田はそう解釈し、だから皆で彼を励ましに行こうと提案したのだった。

「さすがだな、お前は……。ああ、確かにそのとおりだ」

白鷺は深々と息を吐いて本音を吐露する。

「宗家の長男とはいえ、現家元の親父に比べたら、俺の腕は未熟。京都で日々研鑽《けんさん》を積んでいるだろう、昔の友人たちを満足させられるだろうかと思って――」

「自信持てよ、白鷺」

間髪をいれずに栗田は続けた。

「お前には友人としての魅力も、茶人としての実力もある。まぁ、少し真面目すぎるきらいはあるけど、肝心な部分に間違いはねえ。自然体でお前らしく行けばいいんだ。大丈夫。できるよ」

「栗田――」

心を打たれたのか、白鷺が片手で爪を立てるように胸を押さえる。

そこに弓野があっけらかんと明るい口調で言い添えた。

「正式な茶会をやりたいなら、言い訳しないでやっちゃえばいいと思うよ。あるがままに自分らしく」

弓野が清々しく提言し、今度は葵が言葉をつぐ。

「わたしも白鷺さんならできると思います。だって、あなたには他の誰にも真似できない、今まで培ってきた素晴らしいものが身に染み込んでるんですから！」

「葵さん……」

皆に励まされた白鷺が涙ぐむ。

彼は受け取った言葉をしばらく噛み締めていたが、やがて顔をまっすぐ上げた。

「ありがとう……栗田、葵さん、弓野くん。本当は君たちと茶菓子のことを話す中で自分の気持ちを鼓舞できればと思っていたんだが——もう必要ない。充分だ。これ以上ないほど強く背中を押してもらったからな」

白鷺はうなずくと栗田たちに顔を向けて、

「京都から来る門下生の友人たちは、俺流の茶会でもてなすことにするよ。茶菓子には提案どおり、この州浜を使わせてもらう」

迷いのない顔でそう言った。

「そっか」

栗田は彼の顔を正面から見て続ける。

「いいと思う」

「ああ。――ありがとう」

白鷺は自信に満ちた微笑みを浮かべて、そう返した。

後はもうなにも心配いらない。これで今回の件はすべて解決。紆余《うよ》曲折《きょくせつ》あったが、文句なしの結末だろう。

「色々とサンキュな、葵さん」

解決につながるヒントをもらった礼を栗田が言うと、彼女は「え？　あ、はい、どういたしまして」とよくわかっていなさそうな返事をした。

でも、それもなんだか自然体の彼女らしくて好ましい。

ややあって白鷺がふと思いついたように、軽く膝を打つ。

「そうだ。せっかくだし、皆で州浜を味見しないか？　これは薄く切って食べるものだろう？　まるまる一本あるわけだし――どうだ？」

「お前に贈ったものなんだから、好きにすりゃいいさ。そうだな……俺らは作ってるときに何度も試食したけど、ここで落ち着いて食べるのも乙だろうし――ありがたくいただくか」

栗田の意見に異を唱える者はなく、皆で味見する運びとなった。

世話役の老人に付き添われて、栗田は白鷺家の台所に行き、州浜を薄く切る。

すっぱり切った断面は、緑と黄色の州浜紋《すはまもん》の形——。

州浜とはもともと曲線的に入り組んだ浜辺のこと。それを文様として図案化したものが州浜紋だ。円の下半分が、ふたつの小さな円に分裂したような形のそれを、栗田は皿に載せて皆のもとへ持っていく。

白鷺は茶を点てる用意をして待っていた。皆にすらすらと州浜が行き渡る。

「では——お菓子を頂戴致します」

茶道の稽古で身に染みついている白鷺の挨拶を皮切りに、州浜の味見が始まった。

栗田は菓子楊枝を州浜に刺し、口に運ぶ。

「うん……」

——やっぱり旨い。

思わず頬が緩む。

表面にまぶされた砂糖のしゃりっとした舌触り。その後、ふにゅふにゅした独特の弾力とともに、大豆の香ばしさが口いっぱいに広がる。

甘みは上品な水飴《みずあめ》の風味。それは州浜に打ち寄せる波のように、たおやかだ。

素朴な味なのに食べ飽きないのは、水飴の淡い甘さと、大豆の濃厚な香ばしさと、砂糖の歯ざわり――少し不思議なそれらの組み合わせが調和しているからだろう。

「美味しい……。やはり君たちに頼んでよかった」

州浜を食べながら白鷺は嬉しそうに相好を崩し、やがて口をぽろりと滑らせる。

「しかし、こういうときって、食べてるものの豆知識が妙に聞きたくなるよな。どうしてだろう。美味しい体験が知識を得ることで、より印象深くなるからなのか……」

それを聞いた葵がきらりと美しい瞳を光らせた。

「――では披露しましょうか？　蘊蓄《うんちく》」

「ん？　ああ、いいね」

おい迂闊だぞ白鷺、と栗田は諌《いさ》めようとしたが、一瞬遅かった。水を得た魚のように葵は早口で語り始める。

「えー、ではまず初歩的なところから。州浜は、州浜粉と砂糖と水飴を練って作った和菓子です。州浜粉というのは、大豆や青豆を煎って皮を取り除き、粉末状にしたもののこと。細やかで芳しいこの州浜粉が、州浜のキーポイントと言っても過言ではありません。干菓子と半生菓子は水分の含有量で分けられますが、今回作った州浜は水気が少なめで、州浜粉が多め――かなり干菓子寄りに仕上げてあります。薄茶の前にいただく茶菓子としてはちょうどいいバランスでしょう」

「お、おう」

「ああ……」

青い顔でうなずく栗田や白鷺をよそに、葵は合唱団が歌うように続ける。

「形こそ様々ですが、州浜の原形は非常に古くから存在します。なにせ、豆類から作った粉末がベースですからね。似た材料で作られたものが、江戸時代には『豆飴《まめあめ》』とも呼ばれていたそうですよ。飴と言いつつ、柔らかいのはご愛嬌《あいきょう》。そういえば、豆飴はあの太閤秀吉《たいこうひでよし》も召し上がったようです。太閤や将軍が臣下の屋敷を訪れて、もてなしを受ける〝御成《おなり》〟という儀式があったそうなのですが、その御成の献立の史料に豆飴も載ってるんだとか。当時は天下人だった秀吉にご馳走《ちそう》するほどの逸品だったんですね。時の流れというのは本当に不思議なものです――」

「う、うん……」

怒濤《どとう》の薀蓄に、あのマイペース人間の弓野もすっかり呑《の》まれていた。

興が乗ってきたのか、葵は左手を胸に、右手を斜め上に高く掲げて、アリアを歌うオペラ歌手のように語り続ける。

「様々な説がありますが、江戸時代の『嬉遊笑覧《きゆうしょうらん》』という随筆によれば、州浜はもとは『飴ちまき』なのだそうです。これは麦芽や大豆の粉を練った生地を竹皮で包んだ携帯食で、そう考えると、きっと遙か昔の人々が長い旅のお供として——」

葵の薀蓄はとどまるところを知らない。

栗田は額に汗を浮かべる。

州浜へ流れ込む川の水のように、彼女の話はいつまでも続くようだった。

＊

「……やー、お恥ずかしい。あの日はつい熱が入って、喋り倒してしまいまして」

葵が少しばつが悪そうに手で口もとを押さえる。

白鷺家に州浜を届けた日から、しばらく経った昼下がりだった。

ここは栗丸堂のイートイン。今、店内にいる客は葵と、ひさしぶりに顔を出した幼馴染の由加だけ。凪《なぎ》のように穏やかなこんな日が栗丸堂には時折訪れる。

栗田は、葵と由加と接客係の志保の前で、先日の茶菓子の件の顛末《てんまつ》について話していたところだった。

「まぁ、なにはともあれ、よかったじゃないか。葵ちゃんの独演会——薀蓄ってのは意外なときに役に立つもんだよ。役に立たないような知識でも、じつは身になっててんだ。その白鷺さんのお茶会ってのもうまくいったんだろ?」

陽気な志保にさばさばと尋ねられ、「そうらしい」と栗田は答える。

「例の京都のお友達とやらは大喜びで、ついでに茶人としての知見も深まったとかで、大成功だった——そんなお礼のメールが白鷺から届いたよ。それがもう、うざいくらいの長文メールでな。読んでる途中で何度も寝そうになった。『よかったな』って一言返信したら、あいつわざわざ電話かけてきやがって。素っ気なさすぎるだろう、とか言って」

「あはは……。なんか目に浮かぶ」

テーブルの由加が苦笑した。

「青春ってやつだねぇ。まぁ、仲がよくて結構なことさ」

志保が腕組みして、からからと笑う。

だが葵は神妙な面持ちで両手で湯呑みを持つと、そっと一口飲み、

「——ただ、モテすぎる彼氏というのも意外と困りものなんです。わたしも、これでなかなか悠々と構えてはいられないんですよ。浅羽さんや白鷺さん、その他大勢の若くて魅力的な男性たちが、目をぎらつかせて栗田さんを狙ってる……。略奪されたらどうしようって、たまに本気で心配になります」

そんな理解不能なことを言う。

「あのー……葵さん？」

「やー、蝶《ちょう》が飛んできても、みつばちがやってきても、花はただその場で美しく咲き続けるものですよね。お気になさらず」

ますます意味がわからない。

思いがけない来客があったのは、そんな益体もない雑談をしている最中だった。

「朋《とも》有り遠方より来たる、亦《ま》た楽しからずやー」

店の扉が開くと同時に飄々とした涼しげな声が響く。顔を向けた栗田は思わず目を見張った。

薄い和風のコートを重ねたような、前衛的なファッションブランドの服。色素が薄めの髪をふわっと肩の辺りまで伸ばした、透明感のある繊細な容貌の青年——。

店内に入ってきたのは、あの上宮暁だった。

「お前、上宮——」

なにを言うべきか一瞬迷うと、上宮は両手の人差し指を自分の頬に向けて、

「あはー」

棒読み気味にそう言って微笑み、栗田を脱力させた。

「……ひさしぶりだな、上宮。相変わらず楽しそうに生きてるじゃねえか」

「おひさしぶりです、栗田くん。そちらも息災そうでなにより、なにより」

奈良で出会った和菓子の太子様こと上宮暁は、かつて葵と同格の存在だと言われていたらしいが、今はなぜか和菓子の道を離れて、大学で宗教学を学んでいる。

過去の彼になにが起きたのか、栗田も好奇心を刺激されるが、和菓子の他にはとくに接点もないので、ずっと会う機会がなかった。まさか向こうから来てくれるとは。

「つーか、今日はどうしたんだよ上宮。不肖の弟分の弓野なら最近はおとなしいぞ。こないだなんかコラボもしたし」

「おや、そうなんですか？」

「一緒に茶菓子を作った。まぁ、発案と段取りはこっちでやったけど」

「へぇ――それはそれは」

上宮が切れ長の目を丸くした。彼の薄茶色の瞳には謎めいた透明感があって、優しそうだったり冷酷そうだったり、その時々で万華鏡《まんげきょう》のように大きく印象が変わる。

その双眸《そうぼう》に、上宮はかすかな遊びの色を漂わせて言う。

「まぁ、ゆーみんは別に悪い子じゃないですからね。悪いことする人って大抵自分のことを悪者だとは思ってません。独善という名の善行を積んでるんです」

「は？」

どういう意味だと尋ねようとして、ふと思い出す。弓野の話題をきっかけに、自然と想起された出来事があった——。

先日、白鷺家に栗田たちが三人で作った州浜を届け、一件落着した高田馬場からの帰り道のこと。山手線《やまのてせん》にしばし揺られて、原宿駅《はらじゆくえき》で乗り換える葵を見送った。

それから栗田は弓野とふたりで浅草へ戻ったのだが、途中で彼が普段とは少し様子が違う態度で、ぽつりと言ったのだ。

「それにしても、あれが噂《うわさ》の鳳城葵さんだったとはね……。初対面のときは気づかなかったよ。あまりにも雰囲気が普通だったから、てっきりただの良家の箱入りお嬢様だと思ってた」

言われてみれば、と栗田は思う。弓野の店で初めて会った際、彼は和菓子のお嬢様としての葵に、まったく気づかなかったのだった。上宮暁と葵は再会した瞬間、傍目《はため》にもわかるほど独特の緊張感が走ったものだが。

「まぁ、そんなもんだろ。俺だって最初は同じことを思ったからな。なんの問題もねえよ」

真に才能がある者は、性格的には意外と普通の場合が多いと栗田は思っている。というよりも一般人を装うことくらい容易にできてこその才覚者なのだろう。

もっとも葵の場合は素っ頓狂な部分が時折だだ漏れになるので、実際には当てはまらないのかもしれないが。

「ふふ、鳳城葵さん……。あの卓越した見識と感性。三人で州浜を作ったときも思ったけど、さすがは昔、あの上宮さんと比較されてただけのことはある」

弓野が屈託なく微笑んで続けた。

「でもね——差は歴然」

「なに？」

「彼女じゃ、やっぱり足元にも及ばないよ。人と接すれば、否《いや》が応《おう》でも伝播《でんぱ》する情報がある。上宮さんの方が彼女よりも圧倒的に格上だね、僕の判断では」

「あぁ……？　てめコラ、突然なに言い出すんだ？　遠回しに喧嘩売ってんのか」

その場にいない葵のことを貶《けな》されて、栗田がつい眉間に皺を寄せると、

「だって根が優等生なんだもん。確かに彼女には才気がある。ただ——基本的に性格がよすぎるんだ。あれじゃ逆立ちしたって聖徳の和菓子は思いつけない」

一歩も引かずに弓野はそう口にした。どうやら彼なりの本音らしい。

「お前が葵さんのなにを知ってるっていうんだよ。つーか、聖徳の……。それ、前も

どこかで聞いたな。なんのことなんだ？」

「そんなの、当の葵さんに訊けばいいじゃない」

「はぁ？　どういう意味？」

栗田の問いに弓野は一拍の間を置くと、少し小さな声で語り出す。

「昔々の話だけどね。上宮さんと葵さんは過去に一度だけ、自らが創作したオリジナルの和菓子を比べ合ってる。その立ち合いのときに聖徳の和菓子の片鱗《へんりん》を見てるはずなんだよ。そして彼女の心には刻み込まれたはず。この人にはかなわない――上宮さんの才能に自分は到底及ばないという決定的な事実がね」

「ふざけろ。……ったく、なにが決定的な事実だ。はず、はずって推測を、あたかも見てきたように言うんじゃねえよ。上宮からそう聞かされたのか？」

「まさか。僕は見てないし、上宮さんからもなにも聞いてない。ただ、当時の関係者の話を総合すると、そんな出来事が確かにあったみたいなんだ。いわば聖徳の和菓子の縁起として」

「世間じゃ眉唾な話っていうんだよ、そういうの」

「信じないの？」

「俺は自分の目で見て、自分の手で触れたものしか信じねえ――本当に大事なことは。

でもまぁ、ガキの頃に葵さんと上宮の間で、なにか因縁があったことだけはわかったよ。それは前に葵さん本人からも聞いたからな」

奈良旅行の際、その件には触れたくなさそうにしていた彼女の物憂げな表情をまだ覚えている。オレンジ色の美しい夕陽《ゆうひ》の中、どこか苦しそうにも見えた。だから追及できなかったのだが。

弓野の話どおりのことが本当に起きたというのか？　否、それにしては――。

どうも腑に落ちない。根拠のない想像を振り払って栗田は尋ねる。

「つーか、ずいぶん風変わりなものらしいけど、その聖徳の和菓子とやらは具体的にどんな菓子なんだよ？」

栗田が質問を発した直後、電車が上野駅のホームに到着した。

車両のドアが開いたが、弓野が降りる様子はない。ここから地下鉄に乗り換えるのが浅草への最短ルートなのだが。

「おい、弓野？」

ホームに降りた栗田が「来いよ」と促すと、彼は奇妙なことを口にする。

「不老不死の和菓子――と呼ぶ者もいる」

「……なに？」

「ふふ、用事があるから僕はここで失礼するね」

弓野が言い終えるとドアが閉まり、電車はたちまち栗田の前から遠ざかった。

つまるところこの行為は、詳細な回答は拒否するという彼なりの意思表示だったのだろう。それはまあ仕方がないとして——。

「あいつ……今なんて言いやがった？」

理系の栗田にとっては予想の斜め上を行く御伽話《おとぎばなし》めいた言葉である。さすがに毒気を抜かれ、栗田はしばらく上野駅のホームに無言で立ち尽くしたのだった——。

そして今、回想から我に返り、昼下がりの栗丸堂の店内で、栗田は葵や由加たちとともに上宮を目の当たりにしている。栗田は軽くかぶりを振り、益体もない出来事の記憶を頭から振り払った。

和菓子の太子様こと上宮は、片手を柔らかく広げて語り続けている。

「ゆーみんとは関係ないですよ。今日はただ、僕が来たいから来たんです。栗田くんの店にぜひ一度遊びに行ってみたくて。本当は営業再開の日に来られたらよかったんですけど、その日はどうしても外せない用事がありましたから」

「そっか……ありがとよ。用事って大学の講義か？」栗田は訊いた。

「いえ、ちょっとした調査みたいなものです」

「ふうん」

交通量調査のバイトでもしているのだろうか。失礼ながら上宮にはすぐに解雇されそうな、天性の自由人の印象があるのだが——それについて尋ねる前に、彼は持参した紙袋を栗田へ差し出す。

「そうそう、これをどうぞ。ささやかなものですが、お土産です。知人が日本橋《にほんばし》で働いてるので、よく立ち寄るんですよ」

「土産？　こりゃどうも」

意外な心遣いに面食らって栗田が紙袋を受け取ると、中には箱が入っている。取り出すと、包装紙には洒落《しゃれ》た江戸文字で『人形焼』と書かれていた。

「……おいおい、浅草の和菓子屋への土産に人形焼を持ってくるのか？」

「あはー。どういたしまして」

「まだ礼は言ってねえ！　でもまぁ、うちの店では扱ってねえし、気持ちも込みで、ありがたくいただくよ。温めると旨いんだよな、人形焼。すぐそばの仲見世通りでも、名物としてめっちゃ売ってるけど」

「あなたならそう考え、そう答えることが僕にはわかっていました」

思いがけない異変が起きたのは、彼が涼しげにそう言った直後だった。

「──ひっ！」

突如、栗田の後ろで短く息を呑むような悲鳴があがる。振り返ると、由加が両手で口を押さえていた。その目は大きく見開かれ、卵形の顔からは血の気が引いている。

「……どうした由加？」

返事はない。だしぬけに由加の体がぐらりと揺れる。近くのテーブルと椅子に衝突しながら彼女は床へ倒れた。

「由加！」

慄然として、栗田たちは倒れ伏した由加に駆け寄る。

そっと起こすと意識はあったが、あきらかに普通の状態ではなかった。焦点の定まらない目を天井に向けて、はっはっと短い呼吸を繰り返している。

「──上宮？」

栗田が咄嗟《とっさ》に上宮に顔を向けると、「いえ、僕はなにもしてませんよ」と彼は困惑気味に答えた。それはそうだろう。なにもする暇はなかったし、する意味もない。

「だよな。わかってる」

栗田の言葉に、上宮は構わないというふうに無言で首を縦に振った。

その横では葵が、倒れた由加に懸命に声をかけている。

「由加さん、深く息を吐いて。落ち着いてください！」

「……はっ……はっ」

「もっと大きく息を吐き出して。ゆっくり！」

葵の呼びかけが功を奏したらしく、次第に由加の呼吸がリズムを取り戻し始めた。

どうやら、なんとかなったようだ。ともかく命に別条はない。蒼白《そうはく》だった由加の頬に血の気が戻っていくのを見て、栗田はほっと緊張の糸を解く。

しかし——由加の身になにが起きたのだろう？　一体どういう状況なのだ？

「世界恁麽《いんも》に広闊《こうかつ》たり。甚《なん》に因《よ》ってか鐘声裏《しょうせいり》に向かって七條《しちじょう》を披《き》る、か」

上宮がぽつりと不思議な呟きを漏らした。

やがて平静を取り戻し、力なく起き上がった由加の口からは、驚くべき話が語られることになる——。

今昔和菓子外伝　大福

東京、日本橋。

浅草から徒歩でも行ける距離のそこは、もとは江戸幕府の城下町だ。開府をきっかけに全国から多くの商人や職人が集まってきて急成長を遂げた。当時はパリやロンドン以上の大都市だったとも伝えられている。

そして、時は現在——。

日本橋、水天宮《すいてんぐう》の間近に建つビルの五階に、知る人ぞ知る興信所がある。

総合興信所、ＳＴリサーチ。

主な業務内容は、人探しや浮気調査、特定人の素行調査などだ。

社歴は三十二年。これは業界では老舗の部類に入るが、だからといって所属しているのはベテランばかりではなく、若い調査員の層も厚い。

事実、今日もオフィスの共有スペースのテーブルで、ひと組の若手調査員の男女が息抜きがてら——自由に休憩できる程度には余裕がある職場だ——たわいもない雑談をしていた。

男性調査員は岡田《おかだ》。

女性の調査員は泉《いずみ》という。

岡田も泉も二十代前半で、得意分野は人探し。両者とも相手に警戒心を抱かせない人当たりのよさを活かし、主に家出人調査の分野で高い実績を上げている。

ちなみにふたりは恋人同士だ。既に多くの者に見抜かれているため、職場でも交際のことは隠していない。

「そういえば、知ってる泉？」

岡田が言った。

「近くに新しくできたパティスリーが評判いいんだよ。洋菓子の専門店なんだけど、抹茶を使った和風のロールケーキが美味しいんだって。今日はそれにしない？」

返事はない。

思案顔で沈黙している対面の泉に、岡田は言葉をつぐ。

「ふわふわのスポンジ生地の中に、濃厚な甘いクリーム。なんか想像するだけでおなか空いてくるよ。ロールケーキってひとりじゃ食べきれないし、ふたりで思いきり食べきってみない？」

「……魅力的な提案ではあるよね。でも、昨日もケーキだったでしょ？」

泉が顔を上げてそう言った。

「そりゃわたしもケーキは好きだけど、二日連続はちょっとね。ささやかな変化が欲しいというか。あ、そうだ！　今日は甘いのじゃなくて、甘酸っぱいのにしようよ。わたし、カットフルーツの盛り合わせがいい」

「カットフルーツって――あのデパ地下とかで売ってるやつ？」

「体にもよさそうだし、きっと葡萄《ぶどう》が美味しいと思うんだよ、今の季節なら」

「悪くないな。だけど微妙に物足りなくない？　僕はやっぱり生クリームたっぷりのロールケーキが――」

岡田も泉も甘党だ。ふたりは調査で外出すると、毎回お揃いのスイーツを買ってオフィスに戻る。そして一緒に和気藹々と食べ、疲れを癒やすのを日々のささやかな楽しみとしていた。

人の精神の暗がりを見ることが多い仕事だ。意識してひと息入れないと心の健康を保てない――という建前は誰が最初に唱えたのか不明だが、この興信所では広く知れ渡っている。岡田と泉の場合、それが調査後のスイーツなのだった。

しかし――。

「ロールケーキにしようよ！」

「カットフルーツがいい！」

気が合うふたりにしては珍しく、今日の意見は平行線を辿《たど》っている。

そんなとき、横から唐突に渋みのある声が響いたのだった。

「──ふむ。ロールケーキとカットフルーツのどちらがいいか。確かに難問だな」

はっとして岡田と泉が顔を向けると、直属の上司がいた。調査から戻ってきたところらしく、かぶった黒い中折れ帽の角度を指で直している。

ふたりの上司は、主任調査員の秦野《はたの》勇作《ゆうさく》。

見た目は二十代後半。夜の街灯を連想させる、ひょろりと背の高い男だ。

精悍《せいかん》な顔立ちで、パーマのかかった髪を外にはねさせ、外出時には決まって帽子を着用。服装にこだわりがあるらしく、着るのはいつも黒のスーツと目立つ色のＹシャツだ。派手なネクタイを欠かさないのも、いつものこと。

「どうも秦野さん、お疲れ様です！」

「お疲れです！」

岡田と泉が慌てて言うと、「お疲れ」と秦野は短く返した。

そして軽くかぶりを振り、

「──甘ぇもの食って地固まる」

なんとも味のある低い声で、そう言い放った。

呆気に取られる岡田と泉に、秦野は少し焦ったような顔で説明する。

「おいおい、ぽかんとするなよ。そんな諺があっただろ？　揉めてても、なんやかんやで甘いものを食べれば、自然に元に戻りますよー的な——」

「……安直な諺！」

泉が至極当然の突っ込みを入れた。

「まぁ、大の甘党の秦野さんには当てはまるのかもしれませんけど」

岡田はぼそりと呟く。

秦野のハードボイルドな外見にそぐわない甘いもの好きは有名なのだった。

STリサーチ内に限った話ではない。秦野は長年続く老舗のスイーツブログを運営しており、そちらの方面でも旺盛に活動している。仕事の調査で遠出するたび、これ幸いと目当ての店に立ち寄っているわけだ。

どこでなにを食べたかと感想が主なコンテンツだが、時折思い出したように書かれる、ちょっとした自分語りの記事が岡田には興味深い。上司の内面をネット上の文章を通じて窺《うかが》い知るのは、独特の興趣に富んでいる。

とくに岡田の印象に残っているのは、『幻の菓子について』という記事だ。

読んだのはずいぶん前だから詳細は覚えていないが、不思議な内容だった。

その記事では表題の件について秦野が縦横無尽の考察を繰り広げる。古今東西の珍しい菓子がいくつも俎上《そじょう》に載せられ、ユニークな——言い換えれば偏った奇想が述べられるのだが、風呂敷《ふろしき》を広げに広げた後、最後はうまく話を畳めなかった。当然ながら「だからなに？」的な読者を煙《けむ》に巻《ま》く形で終わっていて——まあ、この手の考察という名の妄想ではお約束の結末だとも言える。

そこに書かれた珍しい菓子の中でも、最も印象深かったのが『聖徳の和菓子』というもの。

この菓子はどういうわけか製法が失われてしまったらしく、秦野も食べた経験がないようだった。それをいいことに推測と空想を織り交ぜ、好きなことを好き放題に書《か》き綴《つづ》っていた——のだと岡田は自分流に解釈している。

なにせその記事の中では、「不死」とか「霊薬」といった奇天烈《きてれつ》なキーワードが頻出していたのだから。

きっと秦野は誰かの作り話に乗っかったのだろう。いわゆる都市伝説やネットロアの類《たぐい》。ただ、フィクションとしては素直に面白かったから、似た記事がまた読みたいと岡田はひそかに望んでいる。

「まぁ、それはいいとして」

泉の響きのいい声が岡田を我に返らせた。彼女は続ける。

「スイーツ好きの秦野さんとしてはどうですか？　ロールケーキとカットフルーツなら、どっちに決めます？」

——え？

なにを言い出すのかと不審に思って岡田は泉に顔を向けた。

彼女は岡田に顔を近づけると早口でささやく。

（どう？　せっかくだし、今日は秦野さんに決めてもらわない？　このままふたりで言い合ってても埒《らち》が明かないし）

（そうなの？　僕はもう少しで泉が譲歩してくれるものだと思ってたんだけど）

（残念。わたしも同じこと考えてた）

（そっか。だったら仕方ない）

合意した岡田と泉は、揃って秦野に顔を向けた。

「秦野さんなら、どちらを食べますか？　純粋に、今日の気分で決めるなら」

「ふむ」

岡田の質問に短くうなずくと、意外にも秦野は彼らと同じテーブルについた。

一言で済む話なのにわざわざなんだろうと訝しむ岡田と泉の視線を浴びつつ、秦野は長い足を持て余すように組む。それから曲げた右肘に左手を添えると、長い右の人差し指を不敵にぴんと立てて口を開いた。

「ロールケーキとカットフルーツ――そりゃ確かに甲乙つけがたい。ただ、結論を出す前に、ひとつ昔話をしてもいいか？」

「昔話……？」

戸惑う岡田と泉に、秦野は意味深な口調で続ける。

「俺がまだ新米だった頃に経験した、奇々怪々な話でね。これを知っているといないとじゃ、物事の考え方が少し変わってくる。スイーツの件に限らない。ここにいる以上、もしかすると君たちにとっても今後は無関係じゃないかも――。彼がどう動くのかは、さすがの俺でも予想できないからな」

「仕事の話なんですか？」

泉が目をしばたたいた。「別に、わたしたちは、ただ」

「いやいや、そういうわけじゃねえ。あくまでも可能性の話だよ。ただ最近あちこちで前兆めいたものを感じるのも、また事実――」

「はあ」

泉が釈然としない声を漏らす。秦野がなにを言いたいのか岡田もさっぱりだ。

ただ、秦野はその服装のセンスを見てもわかるとおり、多少、自己陶酔的な部分がある。そういう人の話は得てして長いし、耳を傾けてくれる人に飢えているものだ。

上司を手際よくあしらうのも部下の手腕。こうなったら拝聴するしかないと岡田も泉も嘆息し、その様子を見た秦野はふっと苦笑した。

「別に堅苦しい話じゃねえよ。上司が若かりし頃の益体もない与太話さ。指回し体操でもしながら、気楽に聞いてくれると嬉しい」

そして秦野は一風変わった、長い長い昔話を語り出したのだ。

「そう。あれは八年前の桜舞い散る春のことだった——」

*

春は出会いの季節だという。

そしてこの世界の出会いは突き詰めればすべて偶然。それを運命的な必然に変えるのは、渦中に飛び込んでいく自らの強い意志だ——。

そんな亡き父の言葉をふと思い出したのは、最近はつねに閑散としているこの事務所に、今日は珍しく来客の予定があるからだろうか。

京都、太秦《うずまさ》——蚕《かいこ》ノ社《やしろ》に程近い沿線にある、ここは秦野探偵事務所。

といっても従業員は、ただひとりだけ。

「——そろそろ頃合いだな」

秦野は壁の時計をちらりと見て、コーヒーを淹《い》れ始める。

この事務所の所長にして調査員の秦野勇作は、二十二歳。若さ故の大いなる憧れと熱い思い入れが高じてこの事務所を始めた——わけでは決してない。

ただの成り行きだ。言い換えれば偶然の産物。

この事務所は早逝した父親が営んでいたものなのだ。

両親は諸事情で秦野が幼い頃に離婚した。だからその後は大人の都合で親族の間を行ったり来たりしつつ、様々な土地で暮らすことを余儀なくされたのだが、あるとき入院中の父親に呼び出され、ここを引き継ぐことは可能かと打診されたのだ。

断ることもできたが——。

気がつくと、なぜか首を縦に振っている自分がいた。

それは偶然の提案を必然の仕事——つまりは天職にできるかもしれないと頭の片隅で考えたからだと自己分析しているが、見込みが甘かったことは日々痛感している。

とにかく割に合わないのだ。手間はかかるが、実入りが少ない。

やがて父が死去して顧客も減った。月日が流れて得たものは、歓迎されざるブラックな連中との付き合いだけ。

そんな折、昔の友人から連絡があった。相談したいことがあるから都合のいい日に太秦の事務所に訪ねていくという。平たく言えば仕事の依頼だ――。

秦野自身、まともで質のいい依頼人に飢えていたところだったから、申し出は渡りに船だったのだった。

ややあって、ほぼ約束の時間ぴったりに依頼人の青年が姿を現す。

「やあ、秦野！」

彼は懐かしそうに頬を綻ばせて続けた。

「ひさしぶりだね。会うのは十年ぶり……くらいかな？　スーツなんか着ちゃって、立派になったもんだ。昔は学校でも有名な悪ガキだったのに」

「ふむ――って、そりゃこっちの台詞《せりふ》だ！　お前も似たようなもんだったろ、典章《のりあき》」

過ぎた日々を思い出し、苦笑いして秦野は続ける。

「それが今や――」

「そう。今や坊さん。でも本当に元気そうでよかったよ」

「お互いにな」

やってきた依頼人の鈴木《すずき》典章は、秦野の小学校の同級生なのだった。

当時はどんぐりに似たマッシュヘアだったが、今は頭をきれいに剃《そ》り、黒い法衣《ほうえ》の上に袈裟《けさ》をつけている。悪戯小僧だった面影は微塵《みじん》もなく、どこからどう見ても本職の僧侶だ。

もともと典章は実家が寺院で、父親が住職。寺の息子として大学で仏教知識を学んだ後、現在は父親の指導のもとで本格的な修行を積んでいるという話だった。

「それで典章……あーっと、今は違うんだっけ。やっぱテンショウさんって呼んだ方がいいのか？」

事務所のソファに典章を座らせ、その前に置かれたローテーブルにコーヒーの入ったカップを置きながら秦野は言う。

寺で生まれた子供は傾向として、漢字二文字の名前を親につけられる場合が多い。そして訓読みを普通の名前として使い、音読みを法名とする。そうすれば僧侶になった際、わざわざ新しい名前をつけなくても済むからだ。

典章の場合は法名が「テンショウ」なのだと事前に電話で聞いてあった。僧侶の姿を実際に見るまでは、ほとんど気にも留めなかったが。

「どちらの呼び方でも構わないよ。ただ、僕は昔のままの方が嬉しいけどね。秦野に法名で呼ばれるのは、かなり気恥ずかしいものがある」

「それもそうか。じゃあ典章のままで」

秦野はローテーブルを挟んで典章の対面のソファに腰掛けると、コーヒーを静かに一口飲んで切り出す。

「で、相談ってのは？　電話じゃ調べてほしい品があるって話だったけど」

「ああ。――それも極秘裏に頼みたくてね」

典章は持参した黒い鞄《かばん》から立方体の木箱を取り出し、テーブルの上にことりと置いた。慎重な手つきで蓋を持ち上げると、木箱の中には白い綿が詰まっている。

綿の中心には、古色蒼然《こしょくそうぜん》とした奇妙な物体が収められていた。

「これは……？」

箱の中にあったのは、テニスボールより一回り大きい、汚れた球体だった。

材質は――なんだろう？　あまりにも古すぎて判然としないが、たぶん金属ではある。色は暗くて渋い。銅だろうか。金色に近い箇所もあるが、あちこち錆《さ》びているから純金でないことは確か。金銅《こんどう》――銅の表面に金メッキを施したものかもしれない。

球体の表面には、毛彫りで意味ありげな形が描かれている。

硬質の細い線で、わりと鮮明に刻まれており、よく見ると大陸のようだ。

ただ、今の世界地図とはかなり形が違う。ユーラシア大陸だけはかろうじて似ているが、他はほぼ別物。アメリカ大陸などは逆さの長靴に似た形になっている。

「なんだこれ？　ミニチュアの……地球？　にしては、やけに古びてるけど——」

「待て秦野、迂闊に素手で触らないでほしい」

球体をつまみ上げようとした秦野に典章はそう言うと、驚くべき言葉を続けた。

「これはたぶん、地《ち》中石《ちゅうせき》のオリジナルじゃないかと僕は思ってるんだ」

「地中……なんだって？」

「別名、聖徳太子《しょうとくたいし》の地球儀。それも——本物のね」

*

兵庫《ひょうご》県《けん》の太子《たいし》町《ちょう》は、聖徳太子こと厩戸皇子《うまやどのみこ》ゆかりの地だ。

飛鳥《あすか》時代《だい》、太子は推古《すいこ》天皇《てんのう》に仏教の講話をしたことで、播磨国《はりまのくに》——現在の兵庫県南部の辺り——に水田を賜《たまわ》った。そこに斑鳩寺《いかるがでら》が建てられて、当地周辺における太子信仰の中心となる。太子町という町名もそれに由来するという。

聖徳太子の地球儀とは、その兵庫県の斑鳩寺に伝わる不思議な物体。

遥《はる》か昔に作られた地球儀だ。

もともと斑鳩寺には太子にまつわる宝物が多く所蔵されていて、江戸時代に目録が作られた。そこに〝地中石〟という名前で記載されていたものが、通称、聖徳太子の地球儀なのだという。

これはかつては時代にそぐわない謎の遺物——飛鳥時代を生きた太子に地球儀の概念があるはずがないため、いわゆるオーパーツの一種として語られていた。

だが近年の科学分析の結果、江戸時代に作られたものである可能性が高いことが判明する。

材質は石灰や海藻糊《かいそうのり》だ。名前は地中石だが、石ではなかったらしい。

そもそもこの地球儀には、架空の大陸である「墨瓦臘泥加《メガラニカ》」が記されている。これは大航海時代の探検家、マゼラン（スペイン語表記でMagallanes）にちなんだ名前で、つまりは飛鳥時代より、もっとずっと後の時代のものなのだ。

まとめると——江戸時代に作られた貴重な独特の地球儀が、なんらかの理由で斑鳩寺に収められたが故に、太子が作ったものだと勘違いされただけ。

現在では大体そのように理解されている。

「──まぁ、話は大体わかった……」

典章から説明を聞き終えた秦野は、当惑しながら髪を掻き回して言った。

「その斑鳩寺の地中石ってのは江戸時代に作られた貴重品ではあるけど、太子本人とは関係なかったんだな？　で、お前が持ってきたこれは地中石に似ちゃいるが──」

「ああ。うちの寺の仏像と比べても一目瞭然。江戸時代より遥かに古い時代のものだ。少なくとも墨瓦臘泥加は描かれてない」

典章は腕組みして続けた。

「記されてる大陸も、江戸時代に知られていた形とずいぶん違う。原始的というか、抽象的というのか……。見方によっては紋様みたいでもあるな」

「ふむ」

秦野は典章が持参した球体をじっと観察する。

表面に刻まれた世界地図は、現代人の感覚からすると相当に異質だ。もちろん大陸の数も形も違うのだが、それだけではなく認識の根本的な差異を感じる。

ディテールがすっぱり省略されていて、また、海の占める面積がひどく大きい。未知への畏怖を表したものだろうか。どんな意図で作ったのか微妙にわからない。

「つまりお前は、今目の前にあるこのブツが……その、なんだ。聖徳太子が作った、本物の地球儀なんじゃないかって言いたいわけか？」

「そうだ」

奇妙な熱気と確信がみなぎる典章を前に、秦野はひとつ深呼吸する。

「でもよ、これって――」

秦野は白手袋をつけた右手の指で、眼前の球体をこんと軽く弾いた。「うわああ！乱暴に扱うなよ」という典章の悲鳴を浴びながら秦野は口を開く。

「どう見ても金属だろ？　江戸時代の地中石の材料は石灰だって言ってたけど、金属なら簡単には加工できねえぞ？　推古天皇の摂政……政治家の聖徳太子に、こんなの作れるわけねえ」

「確か日本書紀だったかな」

「あ？」

「まぁ聞けよ。物部《もののべの》守屋《もりや》との戦のとき、太子は戦勝祈願のために木を切って、四天王の像を作ったそうだ。でも戦の最中、ひとりでそんなことをするのは現実的じゃない。部下に作業させたのだとしても、太子の発案には変わりないだろう？」

「えーと……だから？」

「太子が自分の構想どおりに、誰かに作らせたものかもしれないってことだよ。例えば、鞍作止利《くらつくりのとり》とか」

「止利っていうと……日本史で習ったな。確か、太子お気に入りの仏師だっけ？」

「技術者でもある。彼の金銅仏を作る才覚には抜きん出たものがあったそうだよ」

「少し錆びてるけど、こいつも金銅でできてんのか？」

「それはまだわからない」

「ふむ……」

　これが本物の――。

　まさか。でも、もしかすると……。

　次第に彼の奇想に引き込まれて、眼前の物体が未曾有の宝物に見えてくる。胸の中に奇妙なさざ波が立つのを感じ、秦野は話の切り口を変えることにした。

「でもこれ、どんな経緯で見つかったんだ？　やっぱお前のところの寺にも目録があったとか、そんな感じ？」

「まさか。だったらもっと前に話題になってる。これは偶然見つかった、奇跡の産物だよ」

「奇跡？」

「秦野もご存知の通り、うちの寺は奈良の明日香村《あすかむら》にある」

「ああ。あそこは古墳やら遺跡には事欠かない土地ではある。小学校は一校しかないけど、旧跡は盛りだくさんだしな。お前のところも由緒ありそうな古寺だった」

「はは……。古寺と言えば風情があるが、実際は、ただのうらぶれた襤褸《ぼろ》寺だよ。近くの橘寺《たちばなでら》までは参拝客も来てくれるのに、うちは見向きもされない。もう完全に蚊帳《かや》の外さ」

「まぁ、橘寺は俺でも知ってるくらいだからな。特別なんだろ」

橘寺は、伝承によると太子の出生地にある。

寺の名の由来は、現代では菓子の神様と敬われる田道間守《たじまもり》が、垂仁天皇《すいにんてんのう》の命を受けて常世の国から持ち帰った不老不死の霊果——橘《たちばな》の実を植えたことから。

そういった荘厳な伝説に彩られた橘寺は人気があるため、近くの地味な古寺が霞《かす》んで見えるのはある意味、仕方ないことなのかもしれない。

「うちの寺には資金もないからね。老朽化した部分は可能な限り、親父とふたりで直す方針だ。親父は若い頃、宮大工を目指してた人だしね。ともかく、ひと月前のその日の午後、僕と親父は本堂の修理作業をしてた」

「木造の寺はその辺、大変そうだな……。で？」

「別に深い意図なんてなかったんだよ。うちの本尊の後ろには来迎壁《らいごうかべ》という板壁があるんだけど、これが経年劣化で少し変色しててね。なんだか歪《ゆが》んでるように見える。だから壁を撤去することにして、親父と一緒に剝がした。すると本尊の真後ろに回ることができたんだが――目を疑ったよ。裏からだと、本尊の台座の内部に小さな空間があるのがわかるんだ。格子状の柱の奥に、剝《む》き出《だ》しの球体が置かれていて……。気づくと僕は叫んでた。いや、本当に僕も親父も興奮で震えが止まらなくてね。それがこの地球儀というわけさ」

典章と父親は、その小空間をくまなく探した。だが残念なことに断り書きの類は見つからず、縁起も来歴も不明のまま。なぜ古びた謎の地球儀が本尊の下に隠されていたのかは杳《よう》として知れない、と典章は語った。

「……すげえ話だな」

「だろう？」

「俺なら驚いて腰抜かしそうだ。下手すると世紀の大発見、か」

秦野の中で、ざわざわと古代への浪漫《ろまん》と想像が膨らむ。

――本来、太子ゆかりの橘寺に収蔵されるはずだった地球儀が、なんらかの理由で近くの典章の寺に隠された。もともとは一時的な措置のはずだったが、飛鳥時代の社会情勢は不安定。そのまま月日が流れ、いつしか隠されたこと自体が忘却された。

だが、じつはそれは制作者である太子の想定どおりでもあったのだ。これは公の目に触れさせてはならない禁忌の秘宝なのだから――。

「僕はそう思う」

突然、典章が力強く言い、妄想の世界から秦野は我に返った。

「……悪い、聞いてなかった。どう思うって？」

「僕はこれこそが本物の――聖徳太子の地球儀だという強い確信があるんだよ。頼む秦野、協力してくれ。この地球儀の正当性を調べて、業界人の意見をヒアリングしてほしい。今の状態だと、どうやって道筋をつけていけばいいのかわからないんだ」

「道筋？　というと……」

「僕はこの宝を、本来の価値に見合う場所へ導きたい。下手なやり方で公開したら、それこそ怪しいオカルトの話として消費されてしまうからね。今はマスコミもネットも避けたいところだ。どんな方法で、どこに発表するのが正解か、地球儀自体の価値を見極めながら考えたいんだよ」

静かながらも熱のある典章の口調に、こいつ本気なんだなと秦野は改めて思う。

だからこそ突っ込んで訊いておきたい。

「でもなぁ、典章。確かにこの地球儀は古寺に隠されてた——それこそ江戸時代より前の宝物なのかもしれねえ。訳ありのな。それは俺も認めるけど……聖徳太子と絡める論拠は弱いぞ。そもそも地中石自体が太子とは無関係なんだろ？　だったら、どういう理屈なんだよ。お前のところの寺が橘寺に近いのは事実だけど、それはそれだけの話じゃねえか？」

「うん、そう言われると思ってた」

典章はうなずくと不思議な言葉を続ける。

「必然は偶然に勝る——少なくとも説得力という点においては」

「は？　急にどうしたの」

「僕はね、秦野。余程のことがない限り、無から有は生まれないと思ってるんだよ。だから太子の地球儀も、後世の者のオリジナルの発想だとは思えない。あくまでも仮説だけど——太子が作った地球儀は本当に存在したんじゃないかな」

「なに？」

「地球が丸いこと自体は古代ギリシャの哲学者たちだって知っていた。最古の地球儀は紀元前に生きた、マロスのクラテスという人の考案だそうだよ。だったら普通にあり得るんじゃないか？　太子は古代日本が誇る天才だろう？　神格化されて信仰の対象にまでなった御方だ。古代ギリシャの人にできて、太子にできないはずがない」

「こりゃまたずいぶん持ち上げるんだな……」

どうやら典章は太子を尊敬しているらしい。発想の根源もそこにあるのか——仏教者としては気持ちはわからなくもないが、最近じゃ不在説だって地味に幅を利かせてるんだぞ、と秦野は苦い気分で考えた。

どこ吹く風で典章は熱っぽく語る。

「太子はこの世界が球状であることに、純粋な思弁で辿り着いた……。そしてその考えを具現化する地球儀をお抱えの仏師に作らせて、知的好奇心を満足させる。その後は——たぶん興味を失ったんだろう。目立たない小さな寺に地球儀を封印した」

そこで一拍の間を置き、典章は続ける。

「ただ……一部の人の間では、ひそかに口承されてきたのかもしれない」

「え？」

「江戸時代になって国が安定すると、太子の研究も盛んになる。職人たちが大工の神様として崇《あが》めたり、太子講という行事を開いたり、逆に国学者は神道の国に仏教を持ち込んだお節介だと攻撃したり……毀誉褒貶《きよほうへん》、様々な解釈がされたらしいよ。その流れの中で、江戸の知識人が太子の地球儀を知ることもあったんじゃないのか？　そして独自に再現――もしくはアレンジを試みる。一人じゃない。それだけ熱心に研究されてたんだから、複数の好事家がいろんなバージョンを作ったんだよ。でも材質上、長い時間の経過には持ちこたえられず、たまたま出来がよくて斑鳩寺に大事に収蔵されたものだけが今に残った。それが地中石さ」

「ふむ……。そう来たか」

「そして、目の前にあるこれこそが、オリジナルの――本物の太子の地球儀」

「なるほどね」

秦野は素直に感心した。強引な話にも程がある。

だがその説を否定するための具体的で根拠のある情報を、今の秦野はなんら持ち合わせていない。それこそ真剣に、この物体の正体について調べてみないことには。

「どうだ秦野、この地球儀の調査、引き受けてくれないか？」

典章の言葉に、秦野は渋面でわしゃわしゃと頭を掻いて応じる。

「……そこまで長々と語られたら仕方ねえ。わかったよ」

「そうか！」

典章は少年時代のあの頃のように目をぱっと輝かせた。

「ありがとう、秦野！」

「いいって」

秦野は無造作に片手を振り、「ま、じつを言うと最初から引き受けるつもりではあったんだ。ギャラさえ払ってくれれば仕事はきっちりする。探偵ってのはそういうもんさ。今月は依頼人も少なくて懐も厳しかったしな」と本音をぶちまけた。

「そうなのか？」

「ちなみに成功報酬じゃねえぞ。一日分の費用は――」

「もちろん小学校の同級生割引はあるんだろう？」

「冗談は、そのつるつるすべる頭だけにしてくれ」

秦野はいつものようにプランの説明を始め、僧侶の典章は苦笑しつつも話を聞く。

ある種の偶然から生じた調査の依頼は、やがて必然とも言うべき運命的な出会いをもたらすことになるのだが――ともかく、こうして秦野が経験した中でも指折りの風変わりな事件が幕を開けた。

＊

「縁の下の桜餅――うん、旨い」

和菓子を取り込んだ諺もどきが、時折ぽろりと口から漏れるのは秦野の癖だ。

典章が帰った後、ひとりになった秦野は、事務所の給湯室に置いておいた桜餅を食べながら思案していた。ちなみに桜餅は関西風の道明寺である。

――しかし、どこから手をつけたもんかな。

例の地球儀を典章は大事そうに持って帰ったため、手元に残ったのはそれを撮影した大量の写真のみ。まあ仕方ない。いつの時代に作られたものであれ、貴重品なのは確実だ。事務所に置いておいて盗難でもされたら目も当てられない。

もちろん材質などを科学分析する際には現物が必要だろう。

ただ、今はその段階ではない。いわくありげな古代の宝にどんな道筋をつけるべきか。アカデミックな方面か、アートの分野か、ビジネスの領域か。進むべき方向性が定まって、相応の段取りができた時点で再び本人に持参してもらえばいい。

「それにしてもこの桜餅、旨いな……。餅は柔らかいし、こし餡は甘くて小豆の風味がほっくり。桜の葉の塩加減もちょうどいい。春はいいねぇ」

と、呟いた秦野の脳裏を春雷のように突然の閃きが駆け抜ける。

和菓子推理――。

美味しい和菓子を食べることで頭脳を活性化させ、推理の着想を得る――というのは単に甘党の秦野がそれを食べる際の口実だが、結果的に閃いた案があった。

「……確か近くに大福が旨い和菓子屋があったな。ついでに行ってみるか」


海江田骨董店《かいえだこっとうてん》は京都の骨董街として知られる、古門前通り《ふるもんぜんどお》にある古美術品の店だ。書画から茶道具、古民具まで手広く扱っている。

骨董初心者にも親切で、礼儀正しい店長の人柄はとくに評判がいい。一応ウェブの口コミでは。

近くの和菓子屋で買った大福を食べ、気合を入れた秦野がその骨董店内に足を踏み入れると、狐目《きつねめ》で恰幅《かっぷく》のいいスーツ姿の男が奥から近づいてきた。

「これはこれはひさしぶり、秦野勇作くん。金でも借りに来たのかな。貸さんけど」

えびす顔でパンチの効いた挨拶を繰り出したのは、この店の主人。海江田《かいえだ》という父の旧友だ。亡き父と同世代だから、今の年齢は五十代前半のはず。

生前の父曰《いわ》く、「海江田は業界でも屈指の実力者。だからこそ必要がなければ関わるな。鴨《かも》だと思われたら全身の毛まで毟《むし》り取《と》られるぞ」――そんな男だ。

店舗こそ閑散としていて客の姿もないが、海江田には強力なコネクションがあるという。金に糸目をつけない異端の収集家や好事家、深層ウェブの闇マーケットの人間ともつながりがあるそうだ。

人格には大いに問題がある。しかし知識と鑑定眼は確か。

だったらうまく立ち回らせてもらおう。秦野は肩をすくめて言う。

「別に小遣いせびりに来たわけじゃないですよ。ちょっと世間話がしたくて」

「おちょくりに来たんか？」

「ま、そう急《せ》かしなさんなって」

海江田の視線をかわして秦野は店の中を見回す。

近くの棚には器や皿が並び、奥には浮世絵や古い掛け軸などが整然と飾られていた。店内のあちこちに設置された台の上には、立派な風炉釜や鉄瓶、茶壺《ちゃつぼ》などの茶道具が多数置かれている。

「書画骨董だけじゃねえんだな。変わったものが色々ある……。あのー、あそこの台の上にあるのってなんですか？　見たことないものですけど」

秦野が指差したのは、長い筒と短い筒を十数本まとめて束ねたような、不思議な形の古道具。すっかり色褪《いろあ》せていて状態はよくない。用途は見当もつかなかった。

「それは楽器やね。笙《しょう》という」

「笙？」

「昔、遣唐使が日本に持ち込んだ、雅楽やらで使われる管楽器や。翼を休める鳳凰《ほうおう》に見立てて、鳳笙《ほうしょう》ともいう。これは慶長《けいちょう》の頃の品。吹けばちゃんと音も出る」

「へえ」

「偽物やけど」

「……今なんて？」

「耳掃除しとるんか？　偽物言うたんや」

にんまり目を細めて海江田はこう語る。

自分には隣県の大学で教鞭《きょうべん》を執る長年の知り合いがいる。環境考古学をやっているその教授が先日、とある古美術品ブローカーにこの品を掴まされた。

ブローカーは大部《おおべ》という、業界でも忌避されている悪質な男だ。彼の口車に乗って買わされたのだという。

最初は貴重な古い和楽器を入手したと喜んでいた教授も、海江田の鑑定結果と大部の悪評を聞いて愕然とした。せっかく大枚をはたいたのに――。

教授の落胆ぶりを見ているうちに可哀想になった海江田は、知人のよしみで、その偽物に見合った安値で買い取ったのだそうだ。

しかし——今、目の前の笙の値札に書かれた金額は、どう見ても端金《はしたがね》ではない。ちょっとした車が買える値段だ。

「本物なら、それくらいの価値あるし。知らんけど」

海江田がにやにやしながら嘯《うそぶ》く。

まったく、と秦野は舌打ちした。父の旧友とはいえ、隙を見せたら自分も容赦なくやられるのだろう。気を引き締めて例の話を切り出す。

「じつは……今日は見てほしいものがあって来たんです。といっても今は写真だけしかないんですが、鑑定眼に関してはうちの父も認めていた、あなたの意見を伺いたい。相談料が必要なら後から正式な経費として——」

「は。なにを水臭い。話くらい聞いたる。なんや？」

勧められた奥の椅子に腰掛けると、秦野は持参した大量の写真を対面に座った海江田に手渡した。

「海江田さんなら、ここに写ってる品物についてどう思いますか？」

「はあ？　妙な聞き方するんやな」

海江田は、最初は露骨に素人を軽んじた遊び半分の態度だった。

だが写真を何枚も見ていくうちに様子が変わる。人を食ったような狐目に、獰猛《どうもう》なジャッカルを思わせる光が宿っていった。

「なにこれ？」

海江田が低い声で秦野に尋ねた。

「先日、友人が古い寺で偶然見つけたものです。なんでも、仏像を載せる台座の内部に隠されてたんだとか」

「や、それだけじゃなんとも言えん。どこの何寺や？　宗派は？」

「それは……事情があって言えないんですけど、京都じゃない。もっと南の方」

「ああ――」

納得したのか大して興味がなかったのか、それきり海江田は黙った。

やがて彼はすべての写真を検分し終えると、ふうと大仰に息を吐いて告げる。

「知らん」

「はい？」

「知らんわ。ぼく、こんなの見たことないし、素人の撮った写真見せられても、正直わからへん。レンズも少し広角入ってるやろ？　やっぱこの目で実際に見てみんと」

「見た目はほとんど同じですけど」

するとと海江田が秦野にぐっと顔を近づける。

「手触りとか重みでわかることも多いんや。というか、まともな案件なら、わざわざぼくの店に持ち込まへん。厄介な事情があるんちゃう？　この写真のブツ――じつは盗品か？　だったら善良な市民として通報せなあかんなぁ？」

「んなわけねえだろ。俺はそんな罰当たりなことしません！」

「ああそう。しらばくれるなら、ぼくから言えることはもうない」

一筋縄では行かない海江田の対応に、秦野は思わず眉をひくつかせた。

言いたいことは多々あるが、悪事を悪事とも思わない同類だと思われるのは御免だった。秦野は依頼人の情報を隠しつつ、典章の地球儀の仮説について説明する。

すると案の定、海江田は素っ頓狂な声をあげた。

「聖徳太子の地球儀ぃ？　きみはこれが飛鳥時代のものや言うの？」

「見当外れですか？」

一瞬、海江田はなぜか表情のない能面のような顔をした。

「や、最初は古墳からの盗掘品か、どっかから取ってきた変わり種の如意宝珠かと思ったんやけど」

海江田は再びためつすがめつ地球儀の写真を眺め始める。

「写真で見る限りやと、厚く鍍金《めっき》を施した銅やな……。きみ、東京の法隆寺宝物館に行ったことある？」

「いえ。それが？」

「竜首水瓶《りゅうしゅすいびょう》って国宝が展示されてるんやけど、あれが飛鳥時代のもの。質感は似てると言えば似てるかなあ。でも写真だけじゃ、やっぱりなんとも」

「そうですか――」

だが事と次第によっては国宝級なのかもしれないと思い、秦野は少量の汗をかく。

「ま、骨董屋のぼくとしては聖徳太子の制作物なんて、とても信じられへん。可能性は万に一つやね」

「でも、ゼロではない？」

「この世に百パーセントはない。それに――本物でなくても別に構わへんよ」

「え？」

「むしろ、だからこそ儲《もう》けられる。商売に徹するなら最高の品や。なにせ話が面白い。なあ秦野、うちの店に預けてみぃひん？　ぼくなら数年もあればこの品、目玉が飛び出るほどの高額商品に仕立てあげられる」

「なんすかそれ？　仕立てあげるって……」

「こういうのは真贋《しんがん》不明の状態のときの方が価値がある」

海江田は軽妙な口ぶりでこう説明した。

無粋な科学分析などを行い、もしも無価値なものだと判明すれば、その時点で地球儀はただのゴミだ。だったら白黒つけずに運用する方がいい。

真贋が曖昧で眉唾な品をそのまま仲間内の骨董店で売り買いし、地道に回していく。何年もかけて全国で知名度を上げていくのだ。徐々に値段を吊《つ》り上げながら。

その間は部外者が買おうとしても、決して売らない取り決めをしておく。ときには鼻薬を嗅がせてメディアも利用する。そんな年月の中で、地球儀は次第に奇異の威光をまとい、どこに流れているのかわからない現代の幻の宝になっていくわけだ。

ある意味、新しい都市伝説の捏造《ねつぞう》。

話に尾ひれがつくたびに値段をどんどん高くできる。元の逸話が聖徳太子と関連する極めて神秘的なものだからこそ、この手法が特別に有効なのだ。

「な？　こうしてビジネスに使う方が利口やろ」

しゃあしゃあと語る海江田を前に、そういう道筋のつけ方もあるのかと秦野は内心舌を巻く思いだった。マネーゲームをするなら海江田に運用を任せるのも有効なのかもしれない。もちろん、僧侶の典章は決して首を縦に振らないだろうが。

「あー……。俺の一存じゃ、ちょっとね。二、三日考えさせてもらえますか」

「ええよ。どんな可能性があるのか、もっと調べてからでも遅くない。歴史の分野から検証するなら人を紹介しよう」

「へえ、どなた？」

「環境考古学をやってるN女子大の教授。相談のアポはすぐに取れる。なんせ、笙を買い取ってやった貸しがあるし」

この狸《たぬき》親父が、と秦野は短く舌打ちした。

＊

「変わらねえな、この辺は……」

近鉄奈良駅の構内を出た秦野は、帽子の角度を指で直して呟いた。

三日後、海江田から紹介された環境考古学の教授、山口《やまぐち》に会うために秦野は奈良県を訪れた。山口教授は古代史に通じ、その時代の遺物に興味があるらしい。騙《だま》されて偽物の笙を買ったのもそのためだが、逆に言えば古き時代への熱意の表れ。教授の座にあぐらをかかず、守りに入らない姿勢は嫌いじゃない。

太子の地球儀が裏の錬金術の分野では非常に強力な武器になりそうだということは

既に理解した。次は学術の分野ではどう扱われるのか調べてみよう、という方針を再確認して大学に向かおうとしたとき、ふと剣呑《けんのん》な光景を目にする。

「……あん？」

通りを渡った先にある駐車場の壁際で、男たちが揉めていた。

といっても多勢に無勢だ。柄の悪い遊び人風の男たちが六人がかりで、ひとりの少年を取り囲んでいる。よくある黒い学生服を着ているから少年は中学生だろう。喧嘩なんて一度もしたことがなさそうな華奢《きゃしゃ》な男子だ。

遊び人風の男たちは、少年から金でも奪おうとしているに違いない。ちらりとこちらを向いた少年の表情は秦野に助けを求めているようで――。

――放っておけねえ！

秦野は即座に彼らが揉めている駐車場へ駆け出した。

視線を切らずに見ていると、可哀想に、少年はすっかり怯えている。心持ち背中を丸め、暴力はやめてくださいというふうに自分の手で両腕を抱えているが――。

――なんだ……？

なにかが変だった。怯えた仕草と裏腹に、少年の表情には奇妙に邪《よこしま》なものがある。

血色のいい唇は楽しそうに綻び、目には男たちを露骨に嘲る色が浮かんでいた。

意味不明だ。故に、秦野の背中にはぞっと鳥肌が立つ。

動作と表情の不協和に、柄の悪い男たちも未知の不安を掻き立てられたようだ。

「なんだこいつ」

「お前——馬鹿にしてんのかっ？」

堪えきれなくなった男のひとりが少年に拳を繰り出す。

それは頬をかすめただけで当たらなかった——ように秦野には見えたが、少年は大げさに「痛い！　痛い！」と叫び、体勢を崩して男たちの中へ倒れ込んでいった。

なんだこれは？　あきらかに異常なことが起きようとしている。

秦野が全速力で走って駐車場へ辿り着くと、そこには地面に倒れて呻《うめ》き声をあげている柄の悪い六人の男の姿があった。

黒い学生服の少年は右手で物憂げにこめかみを押さえつつ、もう一方の手で体の埃《ほこり》をぱっぱっと払っている。

秦野は眉を寄せて彼に近づいていった。

「大丈夫か——なんて訊くまでもなかったか？」

すると少年がこちらに顔を向けて口角を上げる。秦野は一瞬、言葉を失った。

何者だ……？　まるで仙界に住む童子のような不思議な美貌の持ち主だった。

繊細な細面で、おそらく生まれつき色素が薄めの髪。瞳は透明感のある茶色で、視線を合わせていると吸い込まれそうだが、眼窩《がんか》の下の肌がミスマッチだ。青黒く変色して、不気味な隈《くま》になっている。何日徹夜すればこんな状態になるのか？　気品のある容貌なのに、目の隈のせいでひどく禍々《まがまが》しい印象だ。邪悪と言ってもいい。

「お前――なにやった？」

秦野が尋ねると、彼は「なんのことです？」と白々しく訊き返す。

それは先程までの様子からは想像もできない、中学生離れした落ち着きぶりだった。

秦野に向けられた切れ長の目には、あきらかにこちらを試す光が宿っている。

ちょっと普通ではない。

内心ぞくりとしつつも秦野は地面に倒れた連中をゆっくりと観察し、帽子の角度を直して言う。

「あんまり大人をからかうもんじゃねえよ。お前、わざと殴られたふりしただろ？」

すると少年が鼻白んだように少し身を引いた。

秦野は続ける。

「武道とかやってそうには見えねえけど、やってんだろうな。こいつらみんな鳩尾《みぞおち》にいいのをもらったみたいだから……。空手か？　拳法か？　たまたま目が合った俺を証人に仕立てて、正当防衛にしたかったんだろ？　意表をついて油断させて、早業で六人を無力化……ねぇ。残念だが警察なんか呼ばねえよ。つーか、じつはお前の方から喧嘩売ったんじゃねえの？　あー、助けようなんて思って損した」

まばたきする少年をよそに、秦野は倒れた男たちをぞんざいに起こしていく。

「ふむ、一応みんな大したことないみたいだな。ほら、さっさと起きろ。家に帰れ、バーロー」

予測不能な少年と、秦野という闖入者《ちんにゅうしゃ》の存在も加わって、男たちに抵抗の気配は皆無だった。たちまち駐車場から逃げ出し、後には秦野と少年だけが残される。

やがて少年が憂鬱そうに舌打ちしてこぼした。

「……武道なんかやってませんよ。自己流です。それに、僕から絡んだわけでもないですよ。最近ずっと頭痛がひどくて、しかも今日は足もふらついて――うっかり彼らと肩がぶつかったんです。謝ったのに全然許してくれないから」

「だから叩きのめした？　体調悪いやつがすることかよ。病院行くか？」

「遠慮します。これは医者には治せない。邪魔なものが――今は時期が悪いんです。我慢できない程ではないのが、また煩わしい……」

少年があらぬ方向を見た。

「おい？　なにしてる」

「さよなら」

短くそう言うと、少年は駐車場から出て行こうとする。

だが彼の足どりはおぼつかなく、どう見ても危うかった。じつは無理をしていたのか、歩道に出る寸前で彼が転びかけるので、秦野はすばやく駆け寄って支える。

「なんだよ、ふらふらじゃねえか。頭痛はともかく、飯はちゃんと食ってんのか？」

「……そういえば一昨日からなにも食べていなかったかも」

「そういえばじゃねえよ。まずはカロリーが確実に足りてねえんだよ——ったく」

幸い、山口教授に会う約束の時間まではまだ少し余裕がある。ここで出会ったのもなにかの縁。放置して野垂れ死にでもされたら夢見が悪いと秦野は考えた。

「まあいいか。ちょっと一緒に昼飯でも食わねえ？　せっかくだから奢《おご》ってやるよ。お前、なんて名前だ？」

秦野の問いに彼は答えなかった。

「……って、自分が先に名乗るのが礼儀か。俺は京都で探偵をやってる秦野勇作だ。そっちは」

「上宮暁」

彼はどこか疚《やま》しげに続けた。

「人として許されないことをした、愚人です」

僕という人間は本当に――と彼はなにか言いかけ、直後に顔をしかめてまた黙る。

病気なのだろうか？　体調――あるいは精神的問題？　よくわからないが、厄介な事情を抱えていそうだ。それがある意味ではトラブルを招き寄せたとも考えられる。

面倒ごとは御免だった。深入りする気は毛頭ない。

だが、せめて人心地をつかせてやりたいと秦野は思い、彼を連れて歩き始める。

――これが秦野勇作と上宮暁の長きにわたる交友関係の始まりだった。

＊

「災い転じて大福となす――ってやつだな」

「なにがですか？」

秦野が「今の状況だよ」と答えるテーブルの対面では、不思議そうに首を傾げて上宮少年が大福を食べている。

N女子大の間近にある和菓子屋のイートインだった。

あれから秦野は近くの蕎麦処《そばどころ》に上宮を連れていき、すると彼は天ざる蕎麦をたちまち二人前たいらげた。秦野が若干呆気に取られていると、食後には甘いものが食べたいと言い出す。

そこで、これまた近くの和菓子屋に入り、特製の大福セットを注文。財布の中身を気にする秦野と裏腹に、上宮はすっかり生気を取り戻したのだった。

相変わらず目の下の隈は痛々しいし、頭痛も弱まっただけで治ったわけではないのだろうが、ひとまず先程とは別人のように人懐こい雰囲気になっている。

「でもまぁ、あれだな。お前がその……なんか大変そうなのはわかるけどよ」

秦野が言葉を選びながら言うと、上宮が少し強張《こわば》った顔になる。

食事をしながら切れ切れに聞いた話を総合するに、最近、上宮家の人々はなんらかの不幸に見舞われた。内容は想像もできないが、その出来事は彼の精神を奈落の底に突き落としたようだ。終わりなき頭痛も始まった。それで今も立ち直れず、あちこち彷徨《ほうこう》しては心の救いをどこかに見出《みいだ》そうとしているらしい。

「そう固くなるなって。言いたくないことは無理に訊かねえよ」

ふっと息を吐き、秦野は熱い緑茶を一口飲んで続ける。

「というか、今日って平日だろ？　たまにはさぼりもいいけど、中学は一応出といた方がいいぞ。連立方程式とか三平方の定理とか、知ってても損はねえからな」

「あの辺、簡単すぎて面白くないんです」

上宮がぼそりと呟き、それから唇を柔らかく綻ばせて言う。

「それより、さっきあなたが言ってた宝物の話の方がずっと興味深い。聖徳太子の地球儀――ですか？　いい……。すごくいいですよ！　ちょっとした奇縁も感じます。なにせ僕の仇名も太子ですから」

「へえ、マジ？　ってことは――」

でかい野望でも抱いてるのか、と尋ねようとした秦野に先んじて上宮が言う。

「大きな野望でも抱いてるのかとあなたは考える。違います。それは大志。クラーク博士が名言に使いそうな単語です。僕は家が和菓子屋で、子供の頃から知識と技術を教え込まれていたから和菓子の太子様と呼ばれてた――それだけの話ですよ。まぁ、おそらくもう和菓子を作ることはないでしょうけど」

「おう……。そうなのか？　なんかよくわからんけど」

秦野は戸惑い気味にうなずく。

しかし、なるほど。これほど才気走った少年なら同級生がついていくのは大変だろう。必要以上に皆に恐れられて、それで学校に行きたくないのかもしれない。

食事中の話題に困って仕方なく持ち出した聖徳太子の地球儀の件だが、案外いい方向に転がったのかもしれない。この際、もう少し詳しく意見を聞いてみよう。

秦野は例の地球儀の写真を取り出して彼に手渡し、

「なあ上宮。参考までに聞くんだけど、このブツについてどう思う？」

そう尋ねると、まもなく「楽しみですよね」という意外な言葉が返ってくる。

「楽しみ……？」

「ええ。だってこれから大学に意見を訊きに行くところなんでしょう？　どんな展開になるのかなぁ。僕なら、同じことが二度も起きたら興ざめしそうだけど」

彼は髪にくるくると指を絡めて奇妙なことを言う。はぐらかそうとしているのか？

それとも、と秦野が迷っていると、上宮がふいに真剣な声を出す。

「ところで秦野さん。――どうしてあなたは見ず知らずの僕に、ここまで親切にしてくれるんですか？」

「あ？　別にどうだっていいだろ。ただの気まぐれだよ」

「そんなはずありません。見ず知らずの僕を助けても、あなたが得することはなにもない。それどころか損をしてます。財布の中身だって激減したでしょうに」

「それはお前が食いまくるからだ！」

笑いに持っていこうとしたが、上宮は冗談で終わらせる気はないらしく、真摯な視線を秦野に据えたまま逸らさなかった。

よろしい。だったら照れ臭いが、本気で応じよう。秦野は深呼吸して口を開く。

「上宮は探偵小説ってやつを読むか？」

「いえ、小説はあまり」

「そりゃもったいない。いいこと教えてやるよ。俺が愛読する海外の小説に、とある探偵が出てくる。うらぶれた街を行く誇り高き野郎だ。男の理想像って感じで、正直憧れてる。その男が本の中で心にがつんと来る台詞を言ってんだよ。それが俺の探偵としてのポリシーで、生きる指針にもなってる」

「へえ、どんな台詞なんです？」

「一度しか言わないから、よく聞きな。『優しくなければ生きてる資格がない。甘ければ和菓子は美味しい』」

そして秦野は指を軽く鳴らし、「後半は俺の持論。これが――ハードボイルドってやつさ」と凛々《りり》しく言い放った。

上宮は両目を見張って絶句している。

決まった。

あまりにも秦野が男の魅力に溢れていたせいだろう。突然、上宮がテーブルに顔をばっと伏せ、前屈《まえかが》みになって体を震わせる。どうやら感涙させてしまったようだ。

「格好よすぎるのも考えもんだな。おい泣くなよ、上宮」

だが上宮の肩に手をかけた秦野ははっとする。彼は泣いているわけではなかった。笑っていた。痩身を小刻みに震わせて。

「……ぷー！　駄目だー、もう我慢の限界です！　くくく、ははははは！　笑いのツボに直撃ですよ！　わははー」

どうやら格好をつけすぎてしまったらしい。腹部を抱えて爆笑する上宮を前に、秦野は情けなくも真っ赤になる。言うんじゃなかったと遠い目で思った。

一分近く過ぎた頃だろうか。やがて上宮は指で涙を拭い、「はぁ、こんなに楽しい気分になったのはひさしぶり――と言いたいところですけど、すみません。さすがに笑いすぎでしたね」と素直に謝る。そして意外な言葉を続けた。

「お詫《わ》びにこの件、お手伝いしますよ。ぜひさせてください。食事をご馳走になったお礼もしたいですし、なんとなく気になる点があるんです」

「はぁ？　そりゃまあ、気持ちはありがたいけどよ」

「それにさっきの発言……じつを言うと心に響きました。生きてる資格を得るためには優しくならねばならない。示唆に富む言葉ですね」

そうすれば僕も生き直せるのかな、と上宮は小さく呟く。なんだか妙な流れになってきたな、と困惑しながら秦野はネクタイを少し緩めた。

*

秦野と上宮がN女子大の考古学研究室を訪れると、教授らしき初老の男性が部屋の奥で数人の生徒に囲まれていた。課題の話をしているようだ。

秦野の来訪に気づくと、教授は室内中央のテーブルで本を読んでいる眼鏡の女子に声をかけて、ふたりで近づいてくる。

秦野は中折れ帽を取って会釈した。

「お忙しいところすみません。連絡した秦野です。こいつは今日たまたま――」

「助手の上宮です。今日はよろしくお願い致します」

秦野がきょとんとしているうちに、なぜか上宮が会話の主導権を握って自己紹介と儀礼的な世間話が処理される。

中学生離れした要領のよさだった。ラウンジに移動して四人でテーブルにつき、そこに秦野が持参した地球儀の写真を広げて、今日の本題が始まる。

「いやぁ、目のつけどころというんですかな。最近の人の感性には本当に驚かされる。これを聖徳太子の地球儀だと見なす視点は、とてもユニークです」

ロマンスグレーの頭髪の山口教授が感心したようにそう言うと、隣の眼鏡の女子がうなずいた。

赤いフレームの眼鏡の彼女は毎野《まいの》恵《めぐみ》といって教授の助手だそうだ。知的そうだが物腰は柔らかく、服装も洒落ており、そんなバランスのいい彼女が今度は口を開く。

「決して否定するわけじゃないんですよ。ただ……飛鳥時代には地球という考え方自体が、まだなかったんです。そのずっと後の戦国時代に来日したヨーロッパ人の宣教師が、日本人は地球が丸いことを知らないと驚いていたくらいですから」

「そうなんですか？」

意外に思う秦野に、毎野がこっくりと首肯して続ける。

「もちろん例外はあったんでしょうけどね。日本に持ち込まれて初めて普及した世界地図は、一六〇二年にマテオ・リッチが北京《ペキン》で作成した『坤輿《こんよ》万国全図《ばんこくぜんず》』……架空の大陸、墨瓦臘泥加が描かれたものです。聖徳太子の地球儀はこれと関係が深い、『山《さん》海輿地全図《かいよちぜんず》』を参考にしてるはずですよ——といってもこの写真に写ってる地球儀じゃなくて、地中石こと斑鳩寺の地球儀の方ですけど」

「ふむ、なるほど」

秦野は顎をつまんで「だったら飛鳥時代の人の世界観って、どんなものだったんですか？」と尋ねた。

「えっと、それは——」

言い淀む毎野に代わって今度は山口教授が語る。

「やっぱり記紀にあるような神話的なものを信じてたんじゃないでしょうか。なんといっても日本は島国だ。昔、大地は水に浮かぶ油のように漂っていた——そんな記述が日本書紀にあります。いわゆる原初のイメージですよ。言い換えれば、それは世界が平面だと考えられていたということ。引力の原理を知らない古代人なら、丸ければ海の水が零《こぼ》れてしまうと考える。地球が球体だなんて思いつくはずもありません」

「あ、そうなるのか……」

秦野の口から我知らず落胆の溜息が漏れた。

だったら、いくら太子でも地球儀を作れたはずがない。

いつのまにか典章の説にかなり肩入れしていたらしく、秦野が自分でも不思議なくらい意気消沈していると、上宮が助け船を出すように口を開く。

「――本当にそうでしょうか」

「え？」

皆の前で、上宮が涼しげに反論を紡ぎ始めた。

「むしろ逆だとは考えられませんか？　日本は島国――古代なら海との関わりは今以上に深かったはずです。日本って確か、大昔にいろんな場所から集まってきた人が住み着いた土地なんでしょう？　中学の歴史の先生に聞きました。いわゆる海洋民とか海人《あま》族とか、海上輸送で活躍した人も大勢いたんだそうですね。だったら推理の情報は入手できます」

「推理？」

「太子は古代の探偵でもあったと考えてみてはどうでしょう？　だったら地球が丸いことくらい知っていたはず」

ぽかんとする一同に、上宮は弥勒菩薩《みろくぼさつ》のように柔和に微笑んでこう説明した。

例えば――船で遠洋から陸地に帰るとき、まずは遠くに山の頂上が見え、近づくにつれて山の下の部分と陸地が見えてくる。

例えば――遠くの水平線近くに浮かぶ船の下の方は見えない。

例えば――船で北に旅をすれば、北の水平線近くにある星が、徐々に高く上がる。

「これらの話を海洋民から聞いていれば、地球が丸いことは普通に洞察できるでしょう。天体の位置や、月食のときに月にかかる地球の影の形でもわかります。物理法則は神話の前から機能していた――そう考えると、最古の探偵は自然現象を観察して世界の仕組みを推理した、学者たちだったのかもしれませんね」

上宮の話を聞いた一同は絶句していたが、やがて毎野が啞然とした顔で呟く。

「あなた……なんなの？」

「最初に言ったとおり探偵の助手です。ちなみに秦野さんの推理力はすごいですよ。大福から宇宙の仕組みまで――」

「やめろやめろ、無駄にハードル上げんな！」

秦野が慌てて突っ込みを入れると、上宮は楽しそうにくすくす笑った。

「いやはや、驚いたな……」

山口教授がひとつ息を吐いて言葉をつぐ。

「しかし一理ある。確かに古代の日本には海洋国家という一面もありました。今で言う海人、網人《あみうど》、海夫《かいふ》の類だけじゃなく、例えば九州などには海上交易を生業にしていた海民が大勢いたという説もあるんです。土器製塩、塩の取引などの営みは生活にも

欠かせない。日本は孤立した島国ではなく、海民によってアジアの諸地域と結びつい
た、開かれた島国でした。そういったことを踏まえると、確かに世界が球状である事
実に気づいた古代人はいたのかもしれないな……。それにしても残念です」
「なにがですか？」
　秦野が尋ねると、山口教授は緩慢にかぶりを振って答える。
「写真を見る限りだと、この地球儀は非常に独特なもののようだ。『坤輿万国全図』
や『山海輿地全図』の地図ともまるで違う。じつは大変な発見かもしれない。ただね、
やっぱり実物を確認しないことにはなんとも言えませんよ。……不思議だなぁ。どう
して彼は待っていてくれなかったんだろう。詳細を聞けば他の手がかりだって摑めた
かもしれないのに」
「ん？　と言うのは――」
　それから山口教授が語ったのは、秦野にとってまさに寝耳に水の出来事だった。
「じつは昨日、この地球儀の本来の持ち主である鈴木典章さんが、突然やってきたん
だそうで。なんでも、アポなしで唐突に研究室を訪れたみたいなんですよ」
「は……？」
　啞然とする秦野に、教授の言葉を引き取って毎野が続ける。

「先に言っておけばよかったですね。そのときは教授が不在で、わたしが応対しました。小一時間もすれば戻るので、待っていてくださいと伝えたんです。その間、これと同じような地球儀の写真を見せられて、話もしましたよ。でも途中であの人は急に席を立って、それきり戻らなかったんです。なにか聞いてますか？　あの人から」

「いえ、なにも」

それだけ答えるのが今の秦野には精一杯だった。

なぜだ……？　わけがわからない。どういう理由で典章はそんなことを？

混乱に陥る秦野の隣では上宮が嘆息している。見ると彼の整った顔には「やっぱりね」と言いたげな色が浮かんでいた。

そのとき、ふと心に甦《よみがえ》る言葉がある。——〝同じことが二度も起きたら興ざめしそうだけど〟。

「……そういう意味だったのかよ？」

さっと肌が粟《あわ》立《だ》つのを感じながら秦野は上宮に顔を向けた。

「お前、結果がわかってたのか？　同じことが二度起きるって——研究室の人にとってって意味だったのかよ？」

「まぁ落ち着いて、秦野さん。そんなに興奮しなくても」

「全然興奮してねえ！　落ち着いてる！」

「そうですか？　別にいいですけど……。僕は推測しただけです。教授に会うアポを取った秦野さんが三日待ってる間に、勤勉な典章さんは動いたんですよ。たぶん彼は秦野さんに依頼するだけじゃなく、自分でも調べるつもりだったと思います。秦野さんの事務所に実物を置いとかないで、持ち帰るって――だったら最初から写真だけでいいじゃないですか」

うっと息を呑む秦野に上宮は続ける。

「ここの研究室のことを教えてくれた海江田さんって人は、その筋じゃ有名なんでしょう？　だったら典章さんも噂を聞いてるかもしれない。独自にその店に行って教授を紹介してもらった可能性は充分ありますよ。たまたま鉢合わせしなかっただけで、すれ違いみたいになってるとか」

「――くそっ」

秦野は携帯電話を取り出し、その場で海江田に連絡する。すると案の定だった。

「……まぁ、確かに来たことは来たで。きみが店に来た後の話やけど」

「なんだよ！　だったら先にそれを――」

「だから後の話や言うてるやろ。N女子大の山口なら詳しいだろうって情報は確かに教えた。でも、それだけやで？ 別に紹介なんかしてない。まさかアポなしで研究室に行くとは。やっぱ坊さんって世間の事情に疎いんかな。ようわからへん」

「わからへんって……」

「なんかわかったら、ぼくにも教えて」

そんな応酬の後、海江田の電話は切れる。

なにがどうなっているのかと、秦野は無言で思考を走らせた。

三秒考えて次の方針が決まる。こういう場合は本人に直接訊くのが一番いい。

典章は携帯を持っていないと言っていたので、彼の家に電話をかけると、年配の婦人の細い声がする。

「鈴木ですが、どちら様でしょうか？」

「あ、典章のお母様ですね？　自分は彼の小学校時代の同級生で友人の、秦野勇作という者です。ちょっと急ぎで訊きたいことがあるので、代わってもらえますか」

「まあ、小学校の――」

一瞬、懐かしそうに呟いた後、彼女は再び細い声で続ける。

「すみません。今は無理です」

「どうして？」

「じつはあの子の行方がわからなくて……。三日前に家を出て以来、音沙汰がないんです。息抜きに京都をぶらついてくるとかで、予定では昨日帰ってくることになってました。警察には連絡したんですけど、事件性が薄いとかで、後回しにされてるみたいで……。わたしとしては危ないことにでも巻き込まれたんじゃないかと、心配で心配で」

秦野は絶句する。

一体なにが起きてるんだ？　顔から血の気が引いていくのが自分でもわかる。

＊

山口教授のもとを辞去した秦野と上宮は、近鉄京都線の急行に揺られていた。目指す先は決まっている。上宮と相談した結果、とある仮説に辿り着いたからだ。

ごく短い、こんなやりとりがあった。

「なぁ上宮、ちょっと聞いてほしい話が……。といっても刺激が強いから、心の準備をした上で、聞けるものなら聞いてほしいんだけどよ」

「遠慮なんて不要ですよ。秦野さんはこんなことを考えている――じつは典章さんは殺されたのかもしれない。違いますか？」

「お前、洞察力すげえな。ちなみに俺は誰を疑ってると思う？」

「それはもちろん海江田さんという人でしょう」

「……推理ゲームをやったら勝てる気がしねえ」

「いやー、流れを横で見てれば、たぶん誰でもわかりますよ」

ともかく、秦野の中では、典章が大学の研究室からなにも言わずに去ったことと、現在、行方不明であること——このふたつは同じ結論を暗示するように思える。

典章は、大学で山口教授にこそ会わなかったが、助手の毎野とは接触している。その際、地球儀の実物は出さなかった。しかし写真を見せられたと毎野は言っていた。だったら、そこそこ突っ込んだ話はしたのだろう。

毎野は優秀そうだ。彼女との会話中に典章はインスピレーションを得た。なにかに気づき、それによって地球儀が本物——ないし、同等の価値があるものだという強い実感を持ったに違いない。

だからこそ、逃げるように途中で立ち去った。

それほど貴重な文化財を金銭に換えるのは、現実的にも倫理的にも難しいことを理解したからだ。少なくとも正規のルートでは困難。独自のコネクションを持ち、それこそ裏マーケットともつながりを持つ、海江田のような男でもなければ。

早く行動しないと、毎野たち研究室の者に邪魔されるかもしれない――そう考えたのではないか。

「典章は……たぶん金が欲しくなったんだ。寺だって今は不景気だし、大金をリアルに実感して目が眩《くら》むのはわかる。典章は海江田なら売りさばけると考えて大学から去った。そのまま骨董店に商談に行って、交渉中に――きっと揉めたんだ」

殺意の有無はわからない。事故かもしれない。だが結果的に典章と海江田は激しく争ったのだろう。そして――。

今回の件、関係者の中で躊躇《ちゅうちょ》なく凶行に手を染め、なおかつ巧妙に隠蔽できそうな者は海江田くらいしか思い当たらない。

「典章……。くそっ、どうして」

電車に揺られる秦野の胸を、典章との思い出がよぎっていく。小学校時代、ただ瞬間、瞬間を楽しむことだけを考えていればよかった日々の記憶が――。

放課後、開放された校庭で、よくサッカーをしたものだった。ボールを一緒に追いかけているだけで、わけもなく笑顔になれた。

転んで膝を擦りむいたときは保健室についてきてくれたっけ。

給食の時間に彼が牛乳を飲んでいるときに笑わせて、吹き出させたこともあった。

ささやかだが、同じ時間を共有した懐かしい友達。もしも海江田が典章を手にかけたのだとしたら、そのときは――。

拳を握り締める秦野に、頭痛がぶり返したらしい上宮がこめかみを押さえて物憂げな視線を注いでいる。

やがて電車が三条駅《さんじようえき》に着いた。ふたりは骨董街を駆け抜けて海江田の店へ飛び込む。

店内には常連らしき壮年の客が数人いて、海江田と愉快そうに談笑していた。

――あの野郎……！

海江田が浮かべている笑みと、亡き者にされた典章のイメージの対比が秦野を激昂《げつこう》させた。気づけば詰め寄りながら叫んでいる。

「海江田！　お前、典章になににした！」

秦野の声に驚いた客たちが一斉に顔を向けた。

「なんや？　藪《やぶ》から棒にっ？」

海江田の表情に疾《やま》しさはなかった。浮かんでいるのは、本当にわけがわからないという驚愕と困惑の色。しくじったと直感的に思う。

――これは違う……。

先走った過ちに気づいて秦野が呆然《ぼうぜん》と立ち竦んでいると、上宮が涼しげに「やってしまいましたねー」と微笑んだ。

「大丈夫。フォローは僕に任せてください」

上宮は前に出ていくと、流れるように海江田に経緯を説明する。その話しぶりは立て板に水で無駄がなく、それでいて丁寧で、物騒な内容も妙に穏当に聞こえた。

やれやれ、かつてこれほどまでに有能な探偵助手がいただろうか？　シャーロック・ホームズのもとに来た依頼を大家のハドスン夫人が先に解明するような感があると思いながら、秦野は仏頂面で上宮の弁論を見守った。

「うんうん、なるほど。納得です、海江田さん。あなたは本当に関係ないんですね」

やがて上宮が繊細な髪をさらさらと弄びながら、そう結論づける。

海江田が犯人ではないという秦野の勘は正しかったらしい。

典章は店に一度しか来ておらず――そして海江田には確かなアリバイがあったからだ。

事前連絡なしに典章がN女子大を訪れたのは昨日のこと。それから典章は直接、海江田の店へ地球儀の商談に行ったものだと秦野は思い込んでいた。

だが違った。昨日も今日も、海江田はずっと大規模な仕入れの打ち合わせをしていたのだという。

打ち合わせの相手は今店内にいる壮年の客——に見えた方々だ。彼らは客ではなくビジネスパートナーだったらしい。いわゆる店舗を持たない骨董商。全国を飛び回るバイヤーだ。その全員が海江田と一緒にいたことと、典章が来ていないことを証言してくれた。防犯カメラの映像も確かめたから、口裏を合わせていることもない。

今回の秦野の行動は完全に空振りだったようだ。溜息まじりにふたりは店を出る。

「ったく、とんだ失態だ——と言いたいところだけど、典章がここで亡き者にされたわけじゃなくてよかったのかな。とりあえずありがとよ、上宮」

「いえいえ、この程度のことは別に」

頭痛がするのか、上宮が眉の横を揉みながら淡く微笑んで続ける。

「ともかく、安心するのは典章さんを見つけてからにしましょう。心配です」

「ああ、確かに」

それにしても——本来のこいつは非の打ち所がなく心優しい人間だろうにな、と秦野は胸を痛めずにいられなかった。出会ったときの荒れて歪んだ態度は、やはりふさわしくないと改めて思う。今どんな事情を抱えているのかは知らないが、穏便に解消されてほしい。名医が必要なら探して紹介してやってもいい。この事件が解決したら。

「しかし典章のやつ、マジでどこ行ったんだ……？　海江田の店でもなければ、家にも帰ってねえ。あいつは実家の寺暮らしだし、他に行く場所が思いつかないんだが」

「家に帰ろうとしたとか」上宮が軽く言う。

「や、だからさぁ」

「典章さんが大学から急に姿を消したのは、話の中で宝物の真価を知って、持ち歩くことの危険性に気づいたからじゃないですか？　だから彼は急いで家に帰ろうとした。でも途中でトラブルに遭って――辿り着けなかったとか」

秦野は思わずまばたきした。

＊

N女子大の最寄り駅は近鉄奈良駅。そこから明日香村の飛鳥駅《あすかえき》まで約一時間だが、さすがに電車内で行方不明にはならないだろう。

途中の乗り換えは大和西大寺駅《やまとさいだいじえき》と橿原神宮前駅《かしはらじんぐうまええき》。なにかが起きたのなら、どちらかの駅の構内ではないか？

もちろん飛鳥駅に着いてから消えた可能性もなくはないが、だったら地元の人に発見されていそうだ。典章の家族をはじめ、皆で大規模に探しているのだろうから。

「急いては事を、小豆汁――」

帽子を深めにかぶり直して秦野が呟いた。「上宮、この諺の意味を知りたいか？」

「いえ、別に知りたくないです」

「……こいつはな、急を要する状況だからこそ小豆汁を飲んでるときみたいに落ち着いて行動しろって意味さ」

「あはー。言葉遊びはともかく、確かにこの件が終わったら、ゆっくり甘いお汁粉でもいただきたいものです。秦野さんのおごりで」

秦野と上宮は軽口を叩き合いながら、橿原神宮前駅の構内を徘徊していた。かなり広い駅で売店も多々あり、情報を網羅するのは骨が折れそうだ。

ここまで来る途中、既に大和西大寺駅には立ち寄って調べた。駅員に限らず、売店の店員や通行人にも聞き込みをしたが、とくに気になる発言はない。

典章の僧侶の姿は目立つから、トラブルがあれば見た者の印象に残る。手がかりが皆無だということは、大和西大寺駅では本当になにもなかったのだろう。

この橿原神宮前駅で情報を得られないと、また振り出しに戻ってしまうが――。

「ああ、見た見た。見ましたよ、お坊さん」

秦野と上宮が思わず顔を見合わせたのは、駄目元で話しかけた眠そうな雰囲気の駅員が、あっさりとそんな発言をしたからだ。

「いつですか？」

身を乗り出して秦野は訊いた。

「昨日ですね。法衣の上に袈裟をつけた、立派なお坊さんでしたよ。樫原線《かしはらせん》の車両から、若い女の人と一緒にホームに降りたんですけどね。そこからが剣呑、剣呑。お坊さんと女の人が口論しながら歩き出して、挙げ句の果てに構内で掴み合いになったんですよ。それで慌てて止めに入りました。喧嘩自体はすぐ収まったんですけど、まあ、お坊さんにも色々あるんだなと思いましたね」

「色々って？」

「そりゃ色恋沙汰です」

即答した後、駅員は一拍置いて「お坊さんの持ってた鞄を取り合ってたようにも見えたなぁ」と付け加える。

「ふむ……。その女性というのは、どんな？」

秦野が尋ねると、駅員から驚きの言葉が返ってくる。

「今時の大学生って感じの人でしたよ。赤いフレームの眼鏡をかけてました」

秦野はぎょっとした。

「——毎野？」

そういうことかと思った。

追ってきたのだ、彼女は。

昨日、大学での話を途中で切り上げて帰った典章に、毎野はついていった。写真だけではなく、鞄の中に実物の地球儀が入っていることを見破り、おそらくはそれを手に入れるために。電車の中で譲ってくれるように交渉して、ホームに降りてからは実力行使に出たのだろう。今思えば、大学での毎野の態度は妙に白々しかった。

——『先に言っておけばよかったですね。そのときは教授が不在で、わたしが応対しました』

なにが「先に言っておけば」だ。そんな大事な話なら一番最初に伝えるだろう。彼女は典章に、なんらかの危害を加えた。だから態度がどこか不自然だったのだ。

毎野が疚しいことに手を染めたのは、ほぼ間違いない。

——だがどうすればいい？　また会いに行けば確実に警戒される。海江田のもとで無駄足を踏み、今度はわたしに目をつけたのだと考えるだろう。そして鉄壁のガードを心に張り巡らせる。なんとかそれを避けて尻尾を出させる方法はないか？

秦野がめまぐるしく思考を紡いでいると、隣で上宮がぽつりと呟く。

「あれ？　あの人」

上宮の指差す方向を秦野が見ると、ホームに到着した電車と、そこから降りた乗客たちの姿があった。

ごく平凡な光景――と判断しかけた刹那、秦野は本能的に顔を引きつらせる。

「……なんだと？」

ホームを歩く人々の中に、なんと毎野がいた。例の特徴的な赤いフレームの眼鏡をかけている。距離が離れているため、こちらには気づいていない。

だが、どんな理由で毎野がここに？

わからないが、偶然とは思えなかった。今のこの状況は普通じゃない。

そして時間もなかった。典章は現在、生きているのかいないのか？　毎野を見失う前に手を打たなければ。だが闇雲に迫っても、海江田のときと同じ失敗をするだけ。

どうすれば――。

秦野が逡巡《しゅんじゅん》しているうちに、毎野が角を曲がって見えなくなった。

ふいに隣の上宮が軽い調子で口を開く。

「まずは捕まえてきますよ。積もる話はその後で」

顔を向けると、既に上宮はいない。風のように駆けていく上宮を慌てて秦野は追いかけた。上宮の走法は滑るようになめらかな独特のフォームだ。両手を腰の部分で組み、上半身をほぼ動かさずに走っている。

そして毎野の背中に上宮は追いつくと、聞いたこともない威圧的な低い声を後ろから浴びせた。

「振り向くな、毎野恵。鈴木典章殺害の容疑で逮捕する」

びくっと肩を震わせて固まる毎野に、背後から矢継ぎ早に上宮は言い立てる。

「抵抗は無意味だ。きみには黙秘権がある。なお供述は法廷で、きみに不利な証拠として用いられることがある。きみは――」

「殺してはいません！　わたしはただ……！」

背後から突然の圧力をかけられた毎野が激しく狼狽しながら振り返る。

そして唖然とした。

「あーあ、振り向くなって言ったのに。いんちきのミランダ警告は逆効果でしたか」

上宮が普段の飄々とした態度で軽やかに微笑んだ。事態についていけず、完全に呆気に取られた状態の毎野に、ようやく追いついた秦野が息を切らせて告げる。

「……殺して『は』いません――か。だったら典章になにをしたんだ？　聞かせてもらおうか」

　毎野が深い溜息とともに肩を落とした。

＊

　こうして確保した犯人、毎野がすべてを打ち明けたことで事件は解決した――。

　という簡単な展開にはならなかった。むしろ、より混迷の度合いを深める。

　なぜなら駅の構内で秦野と上宮に迫られた毎野が、こう弁明したからだ。

「……なにか誤解があるようです」

「おいおい今更だな。言い逃れはやめとけ。人の命がかかってんだ」

　眉をひそめる秦野に、毎野は「違います！　そう思ったから、わたしもここに来たんです！」と必死さの滲《にじ》む口調で続ける。

「なんだよそれ……どういう意味だ？」

「全部お話しします。昨日――鈴木典章さんが教授を待つ間、わたしは例の地球儀を見つけた経緯を彼から聞かせてもらいました。迫真的でしたね。とくに仏像の台座の下に隠されてたという話——確かにそこは盲点なんです。建物の床下に隠すと、場合によっては湿気で痛みやすくもなりますし。いずれにせよ、貴重な品なのは確実だと思いました。だからお伝えしたんです。国立博物館の研究員にゼミの出身者がいるから、そこで専門的な鑑定をしてもらった方がいいって」

ひとつ深呼吸を挟んで毎野は続ける。

「でもその話をした途端、急に彼は帰ろうとするんです。驚いて理由を訊くと、博物館には寄贈できないと言われました。怒らせてしまったのか……きっとわたしの説明の仕方がまずかったんでしょう。ただ、変なところで売り払われたら文化的な損失です。そう思って、わたしは彼と同じ電車に乗りました。乗車中、なんとか思いとどまるように説得してたんですが——最後には駅で喧嘩になってしまいました。駅員さんに止められて、さすがにその先は追えませんでしたけど」

大学では教授の手前、すべての事情を秦野たちに語るのは憚《はばか》られた。

だから『途中であの人は急に席を立って、それきり戻らなかった』というふうに事実の大部分を省略して伝えたのだと毎野は言った。

「ただ、あの人が行方不明なのでしたら、もう無関係じゃない。わたしから逃げるために彼が駅を出たのは見ています！」

典章はこの橿原神宮前駅の外へ逃げていった――だから周辺を探してみるべきだと彼女は語ったのだった。

そして今、秦野と上宮と毎野の三人は、提案どおりに駅舎を出たところなのだが。

「くそっ、どこから探せば……」

ロータリーで秦野は途方に暮れる。目に入るのは、学習塾にタクシー乗り場に証券会社に――。もちろん典章の姿は見当たらない。当然だ。昨日ここにいたのは確かでも、丸一日どこにも移動しないはずがない。毎野も困った顔で周囲を見渡している。

「ん？」

気づくと上宮が隣にいなかった。おいおい、あいつまで探す羽目になるのは勘弁、と思いながら辺りを見ると、彼は近くに掲示された地図を見ている。

「なんか気づいたのか、上宮？」

秦野が駆け寄って尋ねると、彼は凜々しい声色で「地図があります」と言った。

「ふむ」

なにか深い意味がある発言なのだろうか？

「そうだな、確かに地図がある。地図は人類の叡智《えいち》の産物だ。地図が存在しなきゃ、この世は大量の迷子で溢れてた。ただ、俺が訊きたいのはそんなマクロな話じゃなくて、典章が向かいそうな――」

「わかってますよ。今のは笑うところ。僕なりに秦野さんを和ませようとジョークを飛ばしてみたんです」

「マジで……？　滅茶苦茶独特の笑いのセンスだな。というか今は全然、和んでる場合じゃないんだが」

「焦りは判断を曇らせます。闇雲に探しても仕方ないですよ。範囲を絞りましょう」

「おう。じゃあ、どこから聞き込みする？　近くのカフェとかコンビニに行くか？」

するど上宮は自分の細い顎をつまんで、「それは無駄足になるだけかと」と端的に言う。その格好のまま彼が歩き出すので、秦野と毎野は慌てて後を追った。

「典章さんはこの駅で降りて行方不明。毎野さんから逃げただけですし、交通機関は使っていないでしょう。きっと近隣でなにかに巻き込まれて連絡が――いえ、自由に動けない状態に陥ったのでは？　どこか人目につかない場所で……。ん、そうじゃないな。人目にはつくけど、傍目には普通の――。あ、もしかしてあの人？」

驚いた秦野が上宮の視線を追うと、少し先にある公園の石積み花壇の縁に、法衣姿の僧侶が腰掛けている。――彼だ。

「典章！」

秦野たちは一斉に彼のもとへ駆け寄った。

「ったく、心配したぞ、典章！　こんなところでなにやってんだよ」

ほっとしてそう口にした直後、秦野は眉を寄せる。典章の様子がどこかおかしい。

彼は驚いたように秦野たちを見上げた後、何度もまばたきして、

「あの……どちら様？」

申し訳なさそうに頭を軽く下げて、そんなことを言うのだった。

瞠目《どうもく》する秦野たちに、彼はぼそぼそと不安そうに語る。

「なんだろう。転んだのかな……。じつは少し前まで、花壇の奥の茂みに倒れてたんです。そのせいなのか、どうしてこんな場所にいるのかさっぱり思い出せなくて。自分の名前なんかはわかるんですけど、ここ数日のことが完全に頭から抜け落ちてしまっていて……」

なんてことだ――秦野は愕然とした。

「時間が経てばよくなるかと思って、ここで休んでたんですけど」

典章が悄然《しょうぜん》とそう呟く横で、花壇や茂みを物色していた上宮が軽くかぶりを振る。

「地球儀も鞄も見当たらない。これはおそらく……。ともかく典章さんの状態が心配です。病院に連れていって検査してもらいましょう」

「わたし、タクシー呼んできます！」

毎野が道路の方へ駆けていき、後には秦野と上宮、そして若干ぼうっとした様子の典章が残された。取ってつけたような自己紹介をした後、気まずい沈黙が流れる。

耐えかねて秦野は口を開いた。

「……あのさ、典章」

「え？　はい」

その他人行儀な態度に、秦野はとても言葉を続けられない。本当は訊きたかった。

——俺に依頼したのに、どうして任せてくれなかったんだ？　気が逸《はや》って自分でも調べたくなるのはわかるが、そこは信じて、待っててくれよ……。

だが、今の彼に言っても意味がない。どこか虚《むな》しく胸が締めつけられるだけ。

そのとき典章の腹部から、くうと小さな音が鳴り、秦野は我に返った。

「や、別になんでもねえよ。それより典章、腹減ってるだろ？　俺いいもの持ってるんだ」

「いいもの？」

「お前これ好きだったろ？」

秦野はクラッチバッグの中から、おやつとして携帯していた大福を取り出して典章に渡す。彼は受け取ったそれを両手に載せて戸惑うように眺めた。

秦野は知っている。じつは典章は大福が大好物なのだ——。

小学校時代、放課後や遠足などの行事で、彼がそれを食べる姿を何度も見かけている。遠目にもあの光景は忘れられない。今にも頬が落ちそうな、本当に極上の笑顔だった。きっと心の底から大好物だったのだろう。

「ほら、遠慮するなよ」

秦野はにやっと笑って促すが、意外にも典章は困ったように眉根を寄せる。

「すみません。じつは僕、大福が苦手なんです。大福っていうより、あの餡が苦手なのかな。重くて胸焼けするんですよ。とても丸ごとは食べきれません」

「おいおい」

秦野は苦笑して続けた。

「昔は喜んで食べてたぞ？　いくら記憶が飛んでも、味覚は変わらねえだろ」

「うーん……。でも本当なんですよ。困ったなぁ」

まあ、せっかくだから——と自分に言い聞かせるように典章は呟くと、大福の包装を開き、白い片栗粉《かたくりこ》がまぶされた餅生地に勢いよくかぶりつく。

その状態で数秒が経過。やがて彼は「うう……やっぱり甘すぎ！」と悲鳴をあげた。

「ごめんなさい。僕、ほんとに大福は駄目なんです！　少量なら平気なんですけど、これだけの量の餡は今はちょっと食べられません！」

——なんなんだ？

別人のような反応に秦野は戸惑う。記憶が一時的に消えたことで、甘味を認識する脳の仕組みにも影響が？　そんなことが実際に起こり得るのか？

申し訳なさそうな顔の典章の前で、秦野は言葉もなく立ち竦む。なにか今までの思い出すべてが否定されたような薄ら寒い悲しみに襲われた。実際に体も冷えていく。

まもなく毎野がタクシーを捕まえたと言って、秦野たちを呼びに来た。

＊

後悔してはならないと古き経典には書かれているけれど——。

斜めに差し込む夕陽の中、鈴木典章は正座しながら周りの人々を眺めやった。

灰色の老木が描かれた襖《ふすま》に畳敷きのその部屋では、小学校の同級生だという探偵の秦野と、N女子大の毎野。そして上宮という少年が座って黙考している。

奈良県明日香村の、ここは典章の生家の寺。

先程タクシーで病院に連れていかれた典章は、検査の結果、頭部を強く打ってはいるが、脳には異常なしと診断された。記憶障害は一時的なもので、そのうち元に戻る。戻らなければ、また相談に来るようにと言われて帰途についた。

家に戻ると両親は、典章が困惑するくらい無事でよかったと喜び、わずかに小言を述べた後、捜索を手伝ってくれた人のところへお礼に出かける。

そして今、残された典章は秦野たちに今回の件を総括しようと言われ、どうにか思考をまとめようとしているのだった。

だが正直それは無茶だ。事態を把握する材料が決定的に足りない。いくら思い出そうと頭を捻っても、まだらに靄《もや》がかかっているよう。とくにここ数日の記憶は完全に欠落している。

ただ、対面であぐらをかいて俯いている秦野を見ると、とても無理だとは言えなかった。彼は今回、自分のためにずいぶん骨を折ってくれたらしい。そして今この瞬間も懸命に思考を巡らせ、悔恨の念に苦しんでいる。

聖徳太子の地球儀と呼ばれる宝物が、何者かに持ち去られてしまったから――。

「……俺のせいだ」

対面で秦野が低く呻いた。

「俺が探偵として頼りなかった……。結局はそれに尽きる。俺だけに調査を任せてくれなかったのはそういうことなんだろ、典章？　だから独自に動き回って――」

典章は緩慢にかぶりを振る。

「違うと思うよ。ごめん、本当に思い出せないんだ」

典章が茂みで昏倒《こんとう》していたのは、地球儀を狙う何者かに襲われたから。現状はその見解に落ち着いていた。じつは地球儀のこと自体なにも覚えていないのだが、病院の検査結果によると、典章の頭部には後ろから強い衝撃が加えられていたらしい。だったら犯人にやられたと考えるのが自然だろう。

ただ、どうして自分がそんな場所にいたのか――。

N女子大で毎野の話を聞いている途中、典章は突然その場を立ち去ろうとしたらしい。なぜだ……？　自分でも自分の行動が不可解だった。そのときの様子を何度も毎野に尋ねるうちに「気持ちはわかりますけど、自分のことでしょう？　わたしにあなたの内面がわかるはずありません」と軽く腹を立てられてしまったほどだ。

――思い出したい。

典章は今、強くそう思う。

記憶さえ戻れば、すべては明瞭になる。自分を襲った者のことも、奪われた地球儀

について も。

そして、それ以上に——。

「悪かった、典章。面目ねえ。俺がもっとしっかりしてれば、今頃あのお宝は……」

己を執拗《しつよう》に責める秦野が気の毒なのだった。見ていて本当にいたたまれない。自分がどんな考えで彼と接していたのか包み隠さず打ち明けて、楽にしてやりたかった。

ああ、観音菩薩様と典章は思う。

どうか地上に目を向けて、苦渋の声に耳を傾けてください。弱き我々にせめてもの慈悲を投げかけてください——と心の中で念じていると、それまで痛みでもこらえるように眉の横を押さえていた上宮がふいに立ち上がった。

「……典章さん、電話を借りてもいいでしょうか？」

「え？」

「やっぱり見ていられません。どこまで介入するべきか迷ってたんですけど、今から片を付けます。僕にはそれだけの力がある」

そこで上宮は俯いている秦野をちらりと見やり、

「まぁ、たまにはね……。恩返しするのもいい」と口にして淡く微笑んだ。

「え？　ちょっと、きみ」

上宮がひとりで歩き始めるので、典章は慌てて電話がある場所へ彼を案内する。遅れて秦野もやってきて、「おい上宮、お前なにやってんだよ?」と尋ねるが、彼は聞く耳持たずだった。上宮はそのままどこかへ電話をかけ始める。

「ああ、なるほど。自宅に連絡か」

秦野が得心顔でそう呟くと、上宮は「違いますよ。ここ」と言って名刺を渡す。

その名刺には――海江田骨董店と書かれていた。

「お前、これ!」

「店に行ったときに拝借したんです。――あー、もしもし、海江田さんですか? 僕は秦野勇作の助手です。ちょっと話がありまして。鈴木典章さんが一番最初にあなたの店を訪ねたとき、他にも誰かいたでしょう? いなかった? いえいえ、嘘《うそ》吐《つ》いても無駄。あなたの考えてることが僕にはわかる。じゃあ、やっぱりそれはひとりなのかな? その人は単独行動が得意? 機敏なタイプ? ああ、店内のどこかに潜んでたのか。では、その人に伝えてください。重大な秘密を教えるから、今から言う住所にすぐに来ること。来なければ警察にすべて暴露すると」

この少年は、なにをやらかすつもりなんだ……?

典章と秦野はただただ度肝を抜かれて立ち尽くしていた。

謎の電話をかけた後の上宮の行動は、さらに理解に苦しむものだった。

颯爽と台所へ向かうと、棚や冷蔵庫の中身を手早く確認して、「いけますね！」とうなずく。その後、不可解極まりないことに菓子作りを始めたのだ。

「あのな上宮。腹が減ったのはわかるけど、今の状況わかってんのかよ？　人んちでマイペースにも程があんだろ」

呆《あき》れ顔の秦野に、上宮は製菓の手を止めることなく涼しげに微笑む。

「すべてを丸く収めるためには必要なんですよ。典章さんがいいって言うんだから、構わないでしょう？　ねぇ、典章さん」

「あ、ああ。もちろん」

我に返って典章はうなずく。じつを言うと、すっかり目を奪われていた。

上宮は流れるように要領よく素材を洗って鍋で煮込み、並行してボウルで他の素材と水と混ぜ合わせ、さらに内部に仕込むものを選別して——。

さながら現在進行形の芸術だ。なにを作っているのかは不明だが、弁天が琵琶《びわ》を奏でるような——飛天が宙を舞うような、上宮の手際はあまりにも見事。秦野がそれに無頓着なのが逆に面白い。

「きみはなにか習ってるのかい？　素人じゃないよね？」

典章が尋ねると、上宮は急に物憂げな伏し目になる。

「まあ――ね。本当はもう和菓子は作らないつもりだったんですよ」

「え？」

「人間、色々あるってことです。とりあえず皆さん先程の部屋で待っててください。そんなに長くは待たせませんよ。向こうもそうでしょう」

不思議なことを呟くと、上宮は奇妙に冷たい光を瞳に浮かべた。この先なにが起きるというのか？

わからなかったが、典章は秦野とともに毎野がいる襖の部屋に戻り、しばらく落ち着かない時を過ごした。

やがて上宮が両手で丸盆を持ってやってくる。

「お待たせしました」

飄々とした態度で彼が持ってきた盆の上には、黒備前の大皿。

そこには作りたての白い大福が九個ほど並べられていた。

「大……福？」

これには典章も内心、幻滅させられる。自分は餡が苦手だから大福を食べられないとあんなに言ったのに——。

残念だ。でもまあ現実はこんなものだろうと思い直して典章は苦笑する。突拍子もない行動につい期待してしまったが、中学生のすることは、やはり中学生レベルだということだ。

「まぁいいじゃねえか。せっかく作ってくれたんだ。みんなで食おう」

隣であぐらをかいていた秦野が典章の考えを見透かしたように取りなした。そう言われたら拒絶するのも大人げない。

「確かにそうだね。じゃ……いただきます」

一口だけでも食べようと思い、典章は皿から大福を一個つまむ。

すると指の腹に付着する白い片栗粉。

口に含んで歯を立てると、柔らかな餅がむにゅっと押し潰された。

弾力的で程よく厚い、もちもちの生地の奥には瑞々《みずみず》しく甘い餡が詰まっている。

こし餡だ。小豆の風味が豊かに香ばしく舌の上に広がっていった。隠し味に焙《ほう》じ茶も混ぜてあるようで、甘さに深みがある。風味絶佳。きっと餡好きには歓喜を抑えられない逸品なのだろう。でも自分は——。

刹那、ぱっと酸味が弾《はじ》けた。なにこれ？

直後に典章は、甘い餡の中に仕込まれていた鮮烈な刺激の正体を理解する。

――いちごだ。

新鮮ないちごが闇の中から太陽のように現れる。噛み潰すと、ほとばしる甘酸っぱい果汁。それは濃厚に甘い口内空間をさっぱりと爽やかに塗り替えていく。

これなら餡でも大福でも、いくらでも食べられる――。

刹那、光が弾けた。天空から不可視の稲妻が典章の脳裏に降り注ぐ。

にわかに心の中に異形の光景が浮かび上がった。闇の中の曼荼羅《まんだら》。屹立《きつりつ》する法隆寺五重塔《ごじゅうのとう》。無音で絶叫する迦陵頻伽《かりょうびんが》。輝く宝相華《ほうそうげ》。脳内物質が爆発的に湧き出す。

これぞ涅槃《ねはん》の境地――。

「ああ……」

――同じものを昔も食べたっけ。

忘却した記憶が甦った典章の目からは自然と涙が流れていた。

「子供の頃、好きだったなぁ……。小学校の放課後……みんなで遊んで、おなかを空かせて……。そんなときに食べたいちご大福……至福の体験だった」

「典章？　お前、記憶が――」

秦野が驚きの表情を浮かべた。「そうか。お前が食べてたのは、ただの大福じゃなくてこれだったのか！」

典章は子供のようにうなずく。

幼かったあの頃、信じていた。この世には不変の正しい道があって、その中心を歩んでいけば幸せになれるのだと。逸れると恐ろしい災いが降りかかってくるのだと。

「皆さん……思い出しました、全部」

典章は声を震わせて語り始める。

「昨日、大学からの帰り道、僕を説得するために毎野さんが橿原神宮前駅までついてきてくれました。でも、彼女だけじゃなかった。——もうひとりいたんです」

えっと驚きの声をあげる毎野にうなずいて、典章は続ける。

「どうも隠れて尾行してきたようで——駅を出た途端、そいつが僕に話しかけてきた。地球儀の件で大事な相談があると言うので、近くの公園の敷地《しきち》に入ったんです。最初は穏当な話しぶりだったんですが、食わせ者でね。そのうち地球儀をよこせと言い出して、挙げ句の果てに襲いかかってきた」

「何者なんだよ、それは？」

秦野が発した問いに答えたのは上宮だった。「もういらっしゃってるようですよ」

ぎょっとして上宮が指差す方向に顔を向けると、外の庭の木陰に潜んでいた誰かが身じろぎする。

数秒の沈黙の後、その人影は舌打ちして、蛇のように静かにこちらへ歩み出た。

黒いフライトジャケットを着た、髪の短い無表情な男だった。典章や秦野より数歳年上だろう。濁ったような不気味な目の印象は忘れようとしても忘れられない。

昨日、自分から地球儀を奪おうとした、あの男だと典章は思った。

「大部さん……でしたよね？」

典章は怖々尋ねる。

「古美術品のブローカーだって昨日は言ってましたけど、あれは本当なんですか？」

「嘘をついてどうする」

その男――大部は抑揚のない低い声で続けた。「そうでなければ、あんたの地球儀を欲しがらないだろ」

「大部……？　あ！」

ふいに秦野が鋭い声を張り上げる。

「思い出した。大部ってあいつだ！　海江田のところで売ってた偽物の筐――あれの出所が大部とかいうやつだった。確か相当、悪質な男だって」

「それはまぁ、やつの本音だろうな」

表情を変えずに不気味に喋る大部を睨みつけて、秦野が言う。

「大部が山口教授に偽物の笙を売りつけて、それを海江田が買い取ったって話だったけど——そう、俺は内心こうも思ってたんだ。その大部ってやつと海江田は、じつは最初から教授を引っかけるつもりだったんじゃないかって。裏で手を組んで計画的に詐欺を仕掛けたんじゃないのか？　だから妙に印象に残ってたんだが」

「それは違う」

大部が不気味な口調で坦々《たんたん》と答えた。「手は組んでいない。お互いがお互いのすることを黙認してるだけだ」

「黙認……？」秦野が眉をひそめる。

「馴れ合いは御免だからな。俺はやるときは単独行動を心がけている」

直接的に協力することはないが、目くばせ程度はする同業者——そんな関係だと大部は言い、興味を失ったかのように秦野から冷淡に視線を切った。そして、

「海江田に電話をかけてきたのはお前だな？」

今度は上宮に視線を向けて言う。「なるほど、確かに小利口そうなガキだ。だが、なぜ俺のことがわかった？」

「典章さんの地球儀を狙えるのは、その存在を知った者だけ。じつは候補者がとても少ないんですよ。知る機会があって、なおかつ典章さんを襲って地球儀を奪えそうなのは、海江田さんと店の愉快な仲間たちくらい。大学の関係者がそれをしても罰せられるだけですからね。典章さんが記憶を失ったのは、あくまでも偶然の結果。典章さんに顔を知られていない人物じゃないと、犯行自体が無意味になるんです」

上宮が首をすくめて続ける。

「さて、海江田さんに焦点を移すと、あの人には儲け話に目がない仲間が大勢いそうでした。ただ、あんなに安易な暴力的方法で地球儀を奪えなんて命じるでしょうか？　僕にはそんな迂闊な人には見えなかった。もしも仲間が逮捕されたら、すべて暴露させられて一網打尽。下手すると店も終わりですからね。だから海江田さん一派は除外。ただし、海江田さんの店に典章さんが行った際、偶然居合わせて詳しい話を聞いていた人がいたとしたら？　そういった特殊な立場の人が海江田さんとは無関係にやったんじゃないかと考えると納得もいく。電話で鎌をかけたら案の定、海江田さんには心当たりがあったようでしたよ」

「そういうことか」

得心した様子で息を吐く大部に、上宮が前髪を掻き上げて尋ねる。

「あなたでしょう？　典章さんが最初に海江田骨董店に行った日に、店にいたのは」

「言い逃れは無意味だな。ああ、いたよ。儲け話の匂いがしたから、隠れて話を聞いていた。もちろん海江田もそれを知ってた。だが――そうか。だったら重大な秘密を教えるから来いとかいう電話も……はったりか」

「ご名答」

「お前、ただのガキじゃないな。何者だ？」

「僕はただの探偵の助手です。秦野と上宮。人呼んで聖徳の探偵とでも言っておきましょうか」

「……面白い」

面白くねえよ、なに妙なこと名乗ってんだよ、と秦野が訴えたが、無視された。

「かつて誰かが言いました。詔《みことのり》を承《うけたまわ》りては必ず謹《つつし》め。悪を懲らし善を勧むるは、古《いにしえ》の良き典《のり》なり――。仕上げにもっと素敵な話を大部さんに教えましょう」

そこで上宮が優雅に典章を振り返り、天に向かって人差し指をすっと立てる。

「さぁ典章さん、今こそ精神の浄化と解放のため、すべてを語るのです！」

そう来たか――まるで釈迦《しゃか》の手のひらの上で踊っているようだと典章は思う。

でも、それでいい。透明感のある超然とした微笑みを浮かべた上宮の言葉に、今は従おう。典章は渾身《こんしん》の力で喉から言葉を絞り出す。

「嘘なんです。本物の……聖徳太子の地球儀を見つけたなんていうのは」

その瞬間、無表情だった大部が目をかっと見開く。毎野も秦野も、上宮以外の全員が予想外の告白を耳にして凍りついていた。

典章は訥々《とつとつ》と続ける。

「本当は——仏像の台座の下に転がっていたのは、大きな古い鈴でした……。きっと昔、なにかの儀式で使われたものを、ものぐさな輩《やから》がそこに投げ打ったんでしょう。値打ち物かもしれないと思って一応、知人の金工家にも見てもらったんですけど、結果は案の定でした。大したものじゃありません。その無価値なものに、なんとか色をつけられないかと考え始めたのが、去年の今頃のことです」

「えっ」

秦野が虚をつかれた顔で「見つけたのって、ひと月前じゃ……」と呟く。

「違うんだ……。ごめんよ秦野、本当にすまない。あれはもっとずっと前に見つけたもので——ほぼ一年がかりで、知人の金工家に加工してもらったものなんだ」

罪の意識で再び目から涙が溢れる。典章はしゃくりあげながら説明を続けた——。

あれは聖徳太子の地球儀でもなんでもない、古い鈴を別物に変造したもの。

それをした動機は、寂れたこの寺になんとかして参拝客を呼ぶためだ。

近くの橘寺までは大勢来てくれるのに、ここは無視されることが昔から悲しかった。今では廃れ具合にも拍車がかかり、父も母も未来を諦めている。起死回生にはなにか客寄せの話題になるものが必要で、だから珍品の捏造を企てた。

今回、秦野のもとへ依頼に行ったのは、正式に公開する前に、この品がどの程度の出来なのかを検証したかったからだ。

すぐに見破られるようなら実用に耐えない。どの分野で誰がどう反応するのか調べてほしかった。贋作《がんさく》だと気づかれなかったら、寺で偶然発見されたという触れ込みで大々的に打ち出すつもりだったが――。

結果は所詮、素人の軽挙妄動。

秦野の調査以外に、自分でも実際に探ってみて、そのことがよくわかった。

N女子大で、毎野の熱意と学術的な手続きの厳密さについて知った典章は、すっかり怖《お》じ気《け》づいてしまった。疾しさに耐えかねて話の途中で逃げ出し、追ってきた毎野からさらに逃げた先で、大部に襲われたというのが今回の騒動のすべてである。

「――畜生」

典章の話が終わると、大部が舌打ちした。そして上着のフライトジャケットの内側に隠していた、あの地球儀を取り出し――。

「あっ、やめろ！」

秦野が叫んだときには、それは既に地面に叩き付けられ、割れて完全に破壊されてしまっていた。大部は上宮を邪悪な形相で睨みつけると、押し殺した声で告げる。

「いつかお前の一番大切なものを奪ってやる。覚えておけ……聖徳の探偵」

「言葉を慎みなさい、下郎」

上宮の平然としたその言葉に、大部は不穏な笑みを返すと身を翻し、たちまち境内の外へ逃げ去った。

後に残された客人は秦野、上宮、毎野の三人。彼らの前で典章は心を込めて謝る。

「すみませんでした、皆さん……。必死になるあまり、とんでもない愚行に手を染めてしまった。どんな言葉を紡いでも許されることではないけど、今は謝らせてください。本当に本当に、申し訳ありませんでした――」

典章は両手を地面について、深々と頭を下げた。長く悲痛な沈黙が垂れ込める。

やがて、それを最初に破ったのは、今回最も傷ついたであろう秦野だった。

「この馬鹿たれがぁ！」

「秦野……ごめんよ」

「人を騙して参拝客を集めたって、仏さんが喜ぶわけねえだろ。俺らに止められなきゃ絶対、仏罰がくだってたぞ。運よかったよ。世間に対してやらかす前に、俺がお前を止めることができて……。お前が俺に止められてくれて」

「秦野」

「本当──よかったよ」秦野は目に涙を溜《た》めて口角を上げた。

「……秦野！」

感極まって典章は秦野の体にすがりつく。情けないが、そうせずにいられない。

自分はどうしようもなく愚かな、僧侶失格の男だ。

だが誰よりも優しい友を持った。悪《あ》しきことを為《な》しかけたとき、親身になって制止して叱りつけてくれる、本当の意味で心優しい友を。

この世知辛い世界において、それはじつは神仏に匹敵するほど、ありがたいものなのかもしれない。

「いやぁ、いちご大福って本当にいいものですね」上宮が飄々と言った。

かくして、多くの人々を巻き込んだ数奇な地球儀にまつわる事件は終結した。

そして──。

*

「……とまあ、そういうわけさ。俺が言いたかったことは以上だ」

秦野が長い昔話をそう締めくくると、圧倒されたような沈黙がしばし漂った。

日本橋、水天宮のそばの総合興信所、ＳＴリサーチの共有スペースである。

テーブルで上司の秦野の話に耳を傾けていた若手調査員の岡田と泉は、あまりにも膨大な情報量を消化しきれず、簡単には言葉が出てこなかった。

だが、ややあって岡田ははっと我に返り、

「長いよ！」

声高にそう突っ込みを入れた。

「長いにも程がありますよ、秦野さん！　どんだけ力入れて語るんですか」

「はは、悪い悪い。だが昔話ってのは得てしてそういうもんだ。参考になったろ？」

「なんの……？」

岡田が尋ねた直後、女性調査員の泉が「なりましたー！」と興奮気味に言う。

「いちご大福いいですよね。甘いお菓子であり、甘酸っぱいフルーツでもあり、今のわたしたちにぴったり！」

「へ？」

一瞬、岡田は呆気に取られたが、はたと思い出す。

そうだった。もともと自分たちは、今日のスイーツをなんにするか相談していたのだった。甘いロールケーキにしようと提案した岡田と、甘酸っぱいカットフルーツがいいと主張した泉。ふたりの口論を見かねて、上司の秦野が八年前の昔話を披露してくれた――確かそんな経緯だった。正直、最初はどういう意図の昔話なのか全然わからなかったが、よもやこんな結論につながるとは。

答えだけ先に言ってくれても、よかったんですよ？　とは口にしないでおこう。

「つまりはこういうことだ。――大福は糾《あざな》える縄のごとし。意味は自分で考えな」

軽く指を鳴らして総括した秦野に、「それを言うなら、禍福は、です」と泉は言下に応じて岡田に顔を向ける。

「でも決まりだね」

「ああ。今日のデザートはいちご大福にしよう」

岡田と泉は笑顔を交わすと、連れ立って共有スペースを出て行ったのだった。

「ふう……」

ふたりが立ち去った後、残された秦野は嘆息して過去に思いを馳せる。

今でも記憶に焼きついて離れない——。あれは本当に美味しい、極上のいちご大福だった。そうか、あの出来事からもう八年も経ったのか。

上宮とは以後も意外と縁があり、付き合いは現在も続いている。

じつは秦野がこの興信所で頭ひとつ抜けた成果を出せているのも、彼の洞察力豊かな助言が地味に効いているのだった。

代わりにひとつ、秦野は上宮から探し物を頼まれている。

「——石子《いしなご》の骰子《さい》」

かつて紛失したその品を見つけてほしいという依頼だ。上宮にとって非常に重要なものらしく、本人も長年探索しているが、いまだに入手できていないのだという。

それさえあれば誰でも作れるようになるらしい。

歴史に埋もれた至高の甘味品、上宮暁が完成させた幻の〝聖徳の和菓子〟を——。

「そんなの絶対、食べてみたいよな」

おそらく石子の骰子は現在、やつの手元にあるはずだと秦野は考えている。

大部真《しん》。

例の地球儀の件で争って以来、こちらを一方的に敵視している闇の古美術品ブローカーだ。当時から神出鬼没ではあったが、さらなる邪悪さと老獪《ろうかい》さを身につけて、今では容易に跡を追えない。一体どこに身を潜めているのか。

「ま、俺はこれでも粘り強いんだ。向こうが音を上げるまで追ってやるさ」

そんな自分の呟きでふと気づき、秦野は壁の時計を一瞥する。

「ん。そろそろ出かけるか」

石子の骰子の件とはまた別に、現在、上宮から頼まれていることがある。秦野は立ち上がると、軽くネクタイを緩めながらエレベーターホールへ向かった。

人形焼

庭の木からこちらの様子を見ていたヒヨドリが、ふいに青空へ飛び立った。

軒先に吊るされた干し柿が目当てだったのだろうが、さすがに近くに人が四名もいては諦めざるを得なかったに違いない。

ここは栗丸堂の一階の奥にある畳敷きの客間。

店とは関係がない、完全な居住空間であるその和室では、栗田と葵と由加、そして行きがかり上同席することになった上宮の四人が、沈黙の中で座卓を囲んでいた。

つい先程、どういうわけか由加が急に過呼吸を起こして倒れた。

事情を訊くために店は志保と中之条に任せ、栗田たちは客間へ移動。軒から下がった干し柿の橙色《だいだいいろ》と空の青のコントラストが鮮烈なその部屋で現在、なかなか口を開かない幼馴染が語り出すのを栗田は待っている。

今日の由加はカジュアルなスーツ姿。愛嬌のある活発そうな目鼻立ちと、緩く巻いた髪が普段なら華やかな印象を与えるが、今は全体的に色褪せて見える。

やがて彼女はひとつ嘆息すると、

「……なんかさ、あたしらしくない気がして今まで黙ってたんだけど、こんなに心配させちゃったら言わないわけにいかないよね。迷惑かけてごめんなさい。じつは最近うちに変なものが届くようになったの」

見るからに曇った顔でそう言った。まったく、と栗田は思う。

「迷惑じゃねえよ。お前は今更遠慮なんかしなくていいんだよ。つか、変なものってなに？　ストーカーに手紙でも送りつけられてるのか？　だったら俺が――」

「ううん、そういうわかりやすいのじゃなくて。なんて言うんだろ……。もっと意味不明なやつ」

「意味不明？　具体的には？」

「家にね、宅配便が届くようになったの」

「はあ。送りつけ商法とか？」

由加が無言でかぶりを振って続ける。

「最初に届いたのは二週間くらい前。誰が出してるのかはわからない。伝票のお届け先には、あたしの名前と住所が書かれてて、依頼主の欄には『本人』って記載されてる。宅配便って、そのやり方で出せちゃうみたいだね。本人じゃなくても」

「ん……。わざわざ確認とかしないだろうしな。それで、その宅配便の中身は？」

「人形焼」

　虚をつかれて、栗田も葵も上宮も一瞬ぽかんとした。由加は続ける。

「白い無地の箱に、見たこともない不気味な形の人形焼が何個も入ってるの。宅配便の荷物は毎回それなんだけど——もう三回も届いてるんだよ。最後に届いたのが一昨日だから、まだ驚きも微妙に抜けてなくて」

「マジかよ」

　先程はその件を思い出して不安が高まり、過呼吸を起こしたということらしい。

「不気味な形の人形焼って、どんなのなんだ？」

　栗田の問いに、由加は細い眉を寄せて答える。

「七福神とかのおめでたい形じゃなくて、なんか変な動物とか幽霊とか……そんなやつ。もちろん人形焼だから生地はカステラで、リアルな造形じゃないよ？　デフォルメされてて、見方によっては可愛い——のかもしんない。ただ、それを匿名で家に送ってくる行為が意味不明で、すごく気持ち悪いの」

「確かに滅茶苦茶、気色悪い」

「でしょ？　だからちょっと家族にも言えないし、届いた人形焼は一個も食べてない。でもね、人形焼であることは一応、間違いなかった。爪楊枝で毎回切って中身を調べてるから。カステラ生地の中には普通に餡こが入ってて、美味しそうではあるんだよ。食べないけど」

「ああ、絶対食うなよ。見た目はまともでも、なにが入ってるかわかんねえ」

しかし――と栗田は思う。

これはなにを意味する行為なのだろう?

伝票の送り主の欄に本人と記載されているのは、完全な虚偽。送りつけなどの詐欺なら、もっと言い訳ができる小狡《こずる》い方法を使いそうなものだ。代引きでもなく、料金の請求書もないのなら、たぶん金銭目的ではない。では何が目的か?

わざわざ送ってくる以上、どんな性質の人形焼であれ、やはり由加に食べてほしいのだろう。しかし普通は意図を示す手紙くらい同封する。そうでなければ知らない相手からの贈り物など危なくて食べられない。それは送り主にだってわかるはずだ。

にもかかわらず、三回も送ってきている……?

栗田は腕組みして思案するが、簡単には結論が出ない。

ふいに上宮が痛ましそうに両瞼を閉じて言う。

「そうでしたか。だからさっきはあんなに取り乱したんですね。申し訳ないことをしました」

「あっ、いえ！　上宮さんが謝ることじゃないです。あの人形焼は栗くんへのお土産だったわけだし、こっちがナーバスになってたのが悪いというか……。なんか、あたしって意外とヘタレ。情けないですよね。強気だって普段は言われてるのに、匿名の悪意には自分でも驚くほど弱くて」

由加が自嘲的な微笑みを浮かべた。

「……そんなのに強いやついねえよ」

栗田は苦い気分で、黒髪をくしゃくしゃと掻き回して続ける。

「一応言っとくけど、自分が存在するだけで無自覚に誰かを傷つけてるかも——みたいなことは暇で死にそうなとき以外、考えない方がいいぞ。逆になにもしなくても、いるだけで誰かを無自覚に救ってることだってあるんだから。きりないから、そういうの」

「ん。わかった」

小さく安堵の息をつく由加に、今度は葵が眉尻を下げて声をかける。

「でも怖いですよね……。実家暮らしでも、個人情報を知られてるのはやっぱり不安です。わたしたちでなんとかできればいいんですけど——。由加さん、なにか心当たりはないんですか？　最近、誰かと揉めたとか、恨みを買ったみたいな」

「ごめんね、葵さん。それが全然ないの」

「そうですか……」

「心当たりがあったら、あたしたぶん、その人のところに乗り込んで直談判《じかだんぱん》してる。なんで？　どういう意図でこんなことすんの？　ふざけんなしって」

「あぁ――わたしも同じことをしそうな気がします」

「それができないのは、ほんと鬱……」

由加がやるせない溜息をつき、こぢんまりとした客間に沈黙の暗雲が垂れ込める。

話が一段落ついたらお茶を淹れ、上宮が持参した人形焼でも出そうかと栗田は思っていたのだが、この展開ではとても無理だった。

――つーか、どこの誰なんだ。由加にこんなことしてるのは。

栗田の胸の奥底で、純粋な怒りが渦巻く。

由加は決して聖人君子ではないし、わりと気楽なお調子者だ。目先のことで頭がいっぱいになり、間違った行動をすることも時々ある。

でも、だからといって悪戯に不安にさせて、傷つけてもいい存在ではない。

彼女は決して悪人じゃない。それは幼馴染として断言する。

確かに大雑把な部分はあるものの、由加の性根は優しいいし、子供やお年寄りには理屈抜きに親切で、面倒見もいい。親しみやすく、なんでも開けっぴろげな性格かと思いきや、意外なくらい人に気を遣う部分もある。

よくも悪くも隙があって、情に脆《もろ》い下町っ子なのだ。だから浅草の大勢の仲間に好かれている。

同じ地元の人間として、この件は放ってはおけないと栗田が考えていると――。

「あ、そういえば！」

由加が頓狂な声をあげた。

「もうひとつ、大事なこと伝えるの忘れてた！」

「なんだよ突然？　おいおい……まさか、じつは少し前にどっかの人形焼屋を、ライター仕事の記事でボロカスにこき下ろしましたー、みたいな話じゃねえだろうな」

「だから、そういうわかりやすいポカはやらかしてないし」

由加が心外そうに唇を尖《とが》らせて話を続ける。

「言い忘れてたけど、宅配便で送られてくるものって人形焼だけじゃないの。毎回、必ずひとつ変な付属品があるんだ」

「付属品……？　まだるこしいな。具体的に言えよ」栗田は目をすがめた。

「やぁ、内容が毎回違うから、他に言いようがなくて。道具だったり、食べ物だったりとか。例えば最初のときは人形焼の箱と一緒に、矢が入ってたんだけど」

「は？」

　栗田は面食らった。「矢って……あの弓矢の矢か？」

「そ。でも別に弓は入ってなかった。矢だけ。ちょっと小さめの矢が一本、人形焼の箱と一緒に入ってたの」

「なんだそりゃ？　意味不明にも程があんだろ」

「でしょでしょ」

「じゃあ二回目のときは？」

「餅」

「っていうのは、やっぱあの白い餅？」栗田はまばたきした。

「うん。四角く切って個包装された、小さい切り餅ね。焼いてない、まだ硬いやつ。それが一個だけ入ってた。オーブントースターで焼けば普通に食べられると思うけど、これも当然食べてないよ」

「三回目は？」

「髪をとかす櫛《くし》。木製の平たくて小さいやつ。たぶん安物ね」

「櫛……」

──なんなんだ？　まるで意味がわからん。

あまりの脈絡のなさに、開いた口がちょっとふさがらない栗田である。

由加の話をまとめると、宅配便で送られてくる人形焼は、動物や幽霊などを象《かたど》った奇妙な形のもの。

それに加えて付属品──一回目は矢、二回目は餅、三回目は櫛が入っていた。

日付を確認してもらったところ、最初に届いたのは二週間前で、次は六日後。最後に届いたのは一昨日らしい。今のところ六日ごとに送られてきている。

送り主も、その意図も不明で、思い当たるふしもない。

宅配業者に相談して伝票の問い合わせ番号から調べてもらったところ、荷物が持ち込まれたのは浅草駅の最寄りのコンビニ。それ以上のことは記録していないという話だった。他に由加の身辺に変わったことは一切起きていないから、嫌がらせなのか、歪んだ善意なのかも杳として知れない。

「んー、送り主の目的がわかれば取っ掛かりもできそうなんですけど──なんの要求もないというのは不思議ですね」

葵が困り顔で首を傾げた。「由加さん、警察に相談とかは？」

「ん。してない」

「ですよね。確かに現状、積極的に調べてくれる可能性は低いかもしれません。明確な害意があれば捜査もしてくれるんでしょうけど、人形焼を送られただけでは、なかなか……。下手すると、由加さんに思いを寄せるファンからのプレゼントみたいに思われてしまうかもしれませんし——」

「あー！　違うの違うの葵さん。別にそこまで考えたわけじゃなくて。あたしほら、実家だから！」

「はい？　と言いますと」

「その……。親に心配かけたくなくて」

由加は少々ばつが悪そうに俯いて続けた。

「こういうの、あたしのキャラじゃないかもしれないけど——警察に連絡したら、なにかの拍子に親にもたぶん伝わっちゃうじゃない？　それはなるべく避けたくて。あたし、今までわりと好き勝手に生きてきたから——ていうか、好き勝手させてもらってるから、苦労かけてると思うんだよ。お父さんとお母さん」

「ああ……」

「また変な男につきまとわれて、よりにもよって今度は警察沙汰かー、みたいに誤解されたらお互い悲しいもん。色々やらかしてそうに見られがちだけど、あたし、なにも悪いことしてない。できれば相手の目的がわかるまでオープンにしたくないの。ごめんね」

「あ、いえ、別にわたしに謝ることでは。そっか……。だからあんなになるまで悩んでたんですね。受け取り拒否せずに相手を突き止めようと思って。立派です」

葵が真顔で由加を褒めた。

「やぁ、それほどでも……。打つ手なしで、ずっとやられっぱなしだよ」

由加がお調子者らしく照れて頭を掻くが、栗田も内心感銘を受ける。

上宮の人形焼を見ただけで過呼吸を起こすほどノイローゼ気味なのに、そこで他人を気づかえるのは素直にすごい。しかも親という存在は、存命だと不思議となおざりにしてしまいがちなものだ。だからこそ由加の優しさが際立つ。

彼女の意思を尊重した上で、絶対に助けてやりたいと栗田は思った。

「なあ由加。もしまた家に変なの届いたら——人形焼でも矢でも鉄砲でもなんでもいい。とりあえず持ってこい。俺たちで調べまくってやるよ。警察に相談するのはその結果次第でいいさ。心配かける前に解決しちまえばいいんだよ」

「いいの、栗くん？　助けてくれる？」

「小学生の頃からの縁じゃねえか。腐れ縁ってのは、こういうときに役立てるもんなんだよ。ひとりで悩むな」

「栗くん」

「どうせ暇つぶしみたいなもんなんだし？　気にすんなよ」

「……ありがとね」

栗田の内面を見透かしたかのように由加が真心のこもった礼を言う。

その様子を葵がなにも言わずにじっと見て、そんな彼女を上宮が同じように無言で眺めていた。

*

町を染めるオレンジ色が次第に薄闇の色に塗り替えられつつある。

その日の夕方、店を早めに閉めた栗田は愛用のミリタリージャケットを羽織り、帰宅のために駅へ向かう人々とは逆方向に、ひとりで雷門通りを歩いていた。

「世界恁麽に広闊たり。甚に因ってか鐘声裏に向かって七條を披る――ねぇ」

栗田が呟いたのは今日、由加が店で倒れた直後に上宮が口にした言葉だ。

意味は語るに語れない。皆の帰り際に、ふと思い出して尋ねたところ、上宮本人にそう言われたのだ。

あのときはさすがに栗田も呆れて、苦笑まじりに重ねて尋ねたものだった——。

「お前なぁ。あんだけ意味深に言っといて、語れないはねえだろ。ほんとは訊かれるの待ってたくせに。ポーズはその辺にして教えろよ、物知りの上宮先生」

「はい、知らないこと以外はなんでも知ってる物知りの上宮です——って、なにやらせるんですか」

「お前が自分でやったんだよ」

「失礼。冗談はさておき、これは禅の公案集の一節なので、残念ながら言葉にできないんです」

「……なんだって？」

「あー、そういうことでしたか！」と言って手のひらを合わせたのは葵だった。

「ん、葵さんはわかるのか？」

栗田が尋ねると、「いえ、わからないです」と葵はさらりと優雅に答えて続けた。

「ただ、禅の公案というのはあれですよ。正解が存在するかどうかもわからない、いわゆる哲学的な難問。例えば『両手を打ち合わせると音がする。では片手の音とはなんぞやー？』みたいな問いかけですね。答えを言葉にした時点で意味自体が変わってしまうことがあるので、対処方法はまちまち。そんな修行だったような気がします」

「さすがは葵くん。あえて言葉にすると、やっぱりそんな感じになるのでしょう。あの言葉は、宋《そう》の無門慧開《むもんえかい》が編んだ無門関《むもんかん》のその十六。現代的に言い直すとこんな感じです。〝世界はこんなに広々としているのに、どうして合図の鐘が鳴ると、僧たちは七條の袈裟をまとって出なければならないのか〟」

「はあ……」

——なんのこっちゃ。

毒気を抜かれて鼻白む栗田に、上宮はくるりと背中を向けて片手を振り、

「じゃ、僕は今日のところはこれで。由加くんの人形焼の件は、こちらも多少責任を感じますし、なにか考えておきます」

飄々とそう言って店から立ち去ったのだった。

「なんなのあれ？」

栗田はぼそりと呟いた。

「やー、相変わらず謎の男を貫いてますねー。ただ、人って本来、あれくらい自由に生きても許されると思うんですよ。狭い世界の常識で頭ががんじがらめになって困ってる方々に、見せてあげたくないですか？　きっと心が楽になると思うんです」

「ま、それは一理ある」

「わたしも、やや自由な性格らしいので、人のことは言えないんですけどね」

葵が眉尻を困ったように下げて微笑んだ。

ともかく、謎の青年の謎めいた迷言――あのときはそんな納得の仕方で、便宜上、いったん話を片づけたのだが。

――妄言ってわけじゃないよな、やっぱり。

回想から我に返って、薄暮の雷門通りを歩きながら栗田は溜息まじりに呟く。

「大方、もっと日頃から周りに気を配っとけって促したんだろうけどよ……。仏教の言葉にかこつけて」

言うのは簡単でも実行するのは難しい。上宮の示唆はその最たるものだ。

――どうして合図の鐘が鳴ると、七條の袈裟をまとって出なければならないのか？

その問いには、ふたつの反論が内包されているように栗田は思う。

特定の教派の慣習に基づいた問いだからだ。その前提は部外者から見れば思い込みであり、実際には七條の袈裟をまとって出なくてもいいし、あるいは合図の鐘が鳴る前にそれをしてもいい。

今回は後者の意味のことを言おうとしたのでは？

つまりは由加が倒れるような事態に発展する前に、普段からセンスを研ぎ澄ませて自然と状況に気づき、問題になりそうなものを取り除いてあげなさい——事前に行動して、悲劇的な事件をそもそも発生させないのが真の賢人なり。

そんなことを上宮は伝えたかったんじゃないかと栗田は考察する。

もちろん私見だから、実際には的外れかもしれない。上宮がただ気まぐれに呟いた可能性も存在するが——。

「ま、今はできるだけ事前に動くさ」

そして今、栗田が足を止めたのは、国際通りにある弓野有の店——。

浅草の庶民的な雰囲気とは少し毛色の違った雅さが漂う、夢祭菓子舗の前だった。

店内を覗くと、閉店時間が近いせいか客はいない。弓野はショーケースの近くで他の店員と雑談中で、これなら大丈夫かと思った栗田は中に入る。

彼はすぐにこちらに気づいて近づいてきた。

「栗田くん！　珍しいね、ひとりで来るなんて」

「ああ、ちょっとな……話したいことあって。今いいか？」

「大きな声じゃ言えない話？　外、出よっか」

栗田と弓野は店を出ると、入口の横手の庇《ひさし》の下で向かい合った。

「それで話って？」

「ん。変な内容だから、気に障ったら勘弁な。単刀直入に訊かせてもらうけど、俺の幼馴染の八神由加に人形焼を送ったことあるか？」

栗田がその件を弓野に訊きに来たのは、犯人が和菓子関係者だと思うからだ。

一般人は人形焼を自作しようなんて考えないだろう。作るのには、ある程度の知識と技術と設備が必要。加えて、矢や餅を一緒に送ったりという意味不明な真似を何度もしそうな者といえば――。

それに弓野なら真正面から尋ねれば案外、「うん、僕がやったよ。もっと仲良しになりたくて！」などと言い、あっけらかんと認めそうな気もする。

あくまでもイメージだ。決して栗田も本気の本気で考えているわけではないが、念のために確認しておきたい。もちろん上宮発言――合図の鐘が鳴る前にそれをしてみるのはどうか――に感化されているのは自分でもわかっている。

「どうだ？」

栗田が回答を促すと、弓野は未知の生命体に遭遇した猫のように目を丸くして、

「は？」

と言った。

「ごめんね、栗田くん。きみがなにを言ってるのか全然わからないよ……。由加くんって、この辺の商店街の人たちに妙に人気がある八神由加くんだよね？　話したこともないよ。でもね──きみは悪くない。栗田くんの対話力が、お猿さん並みなのは仕方ないことだもん。ただもう少しだけ、僕がお猿さんに歩み寄れたら──」

「野生の猿は危険だから、出会っても近づくなよ。痛い目、見たくないならな」

栗田は肩をすくめる。そして間近で弓野の表情の変化を観察していて確信した。

──弓野はやってない。無関係だ。

「つーか、なんのことだかわからなかったよな。突然悪い」

「いやぁ、そんなふうに言われても気になるよ。どういう意味なの、栗田くん。仲良しの僕にも話せないこと？」

「あー……」

最初は質問をするだけのつもりだったが、改めて考えるとフェアではない気がした。それに弓野自身は関わっていなくても、なにか手がかりを持っているかもしれない。

「そうだな。じゃあ、他言無用で頼む」

栗田は前置きして由加の人形焼の件を説明した。突飛な内容だけに、さすがの弓野もすぐには言葉が出ないようで、しばらく戸惑い気味にまばたきを繰り返している。

やがて弓野は眉根を寄せて苦笑し、

「ふふ……びっくり。誰の仕業かは見当もつかないけど、奇人変人なんだろうね、その人。東京って怖い町だなぁ」

実感のこもった声でそう言った。思わぬ風評被害だ。

「いや、東京いいところだから。関西にも探せば変なやつはちゃんといるから」

「でもね、ささやきが聞こえる」

「あ？」

「僕の後ろで、もうひとりの僕がささやくんだ。こんなに難しそうな謎、栗田くんには解けない。やめさせよう。無理をさせるのはよくないって」

「誰なんだよ……。つーか、そういうナチュラルに怪しげな態度で人を困惑させながら貶《おとし》めるの、ほんとやめてくんない？」

栗田は片眉をひくつかせて続けた。

「逆に、俺には無理でも、自分にならどうにかできるって言いたいのか？」

「まさか。そんなことは思ってないよ。時間をお金に換算すれば、無駄な努力をするのはコスパが悪いって言いたいだけ。栗田くんはそう思わないの？　なんで和菓子職人の僕たちが、わざわざ面倒な揉め事に首を突っ込まなきゃいけないんだろう？」

こういう発言をするときの弓野に一切の悪気がないことに栗田はしばしば戸惑わされる。本当に純粋に不思議だと感じて彼は尋ねているのだ。

「放っておこうよ、栗田くん。由加くんなら、きっと自分でなんとかするよ。他にも助けてくれる人はいるだろうし」

「……ったく、正論だな」

栗田は黒髪を無造作に手櫛で梳《す》いて続けた。

「確かにお前の言うとおり、放っておいても由加なら最後は自力でなんとかするのかもしれねえ。あいつ、土壇場になると妙に要領いいからな。ただ——俺は力になりてえの。俺が俺自身の意思で、あいつを助けたいんだよ」

「わあ」

「コスパとか俺たちの交友には関係ねえし、どうでもいい。そんなのは後々わかることだろ。コスパが悪いと思われてたことが長年経ってから、じつは逆だったとわかる場合もあるんじゃねえ？　俺は俺の本音に従う」

「うん、そっか——。だったらいいのかな」

弓野が声のトーンをわずかに落として続けた。

「言わないでおこうかとも思ったけど……決意が固いみたいだから一応、耳に入れておくね。由加くんって今、彼氏いるよ」

「え？」

「こないだ偶然見ちゃったんだ。定休日、東京見物を兼ねて噂のスカイツリーに行ってみたんだけど、男の人と一緒だったよ。相手の年は三十歳くらいかな？　なんだか羽振りがよさそうな男の人で、展望デッキで由加くんの手とか握ってた。彼女も満更じゃなさそうだったよ。あの親密さはどう見ても交際中だった」

「そう――なのか」

「だからね？　由加くんが困ってるなら、まずはその彼氏が率先して助けてあげるべきだと思うんだよ、僕としては」

かもしれない、と栗田は思い、胸にざわりと波が立つのを感じる。

そして思い出した。先日、シンガポール育ちの少年、卓也と出会う前に、仲見世商店街で遠目に由加を見かけたが、そのとき彼女の隣を歩く男がいたことを。

高級そうなジャケットに、デニムと白のスニーカーを合わせた、垢抜けた雰囲気の男性――そうか、あの男と付き合っていたのかと栗田は思う。

「どうするの、栗田くん」

「なにが？　別にどうもしねえよ。今までどおりだ」

「そっか……。だったら僕と同じだね。シンパシーを感じるよ」

よくわからない独特の感想を弓野は口にするが、栗田は奇妙にもやもやした心理状態に陥り、そのこと自体に戸惑わされた。——由加の交際の件、祝福するべきことのはずなのに、心がうまく喜べないのはなぜだろう？

仲見世商店街で、どこか翳《かげ》りを帯びた微笑みを交際相手に向けていた由加の横顔が、ちらりと栗田の胸をよぎった。

*

「なあ栗田。ここだけの話、俺は人形焼というフレーズを聞くと、いつも連想する言葉がある。『乱れ焼き』——これは日本刀に関する用語で、うねって乱れたような刃文にする焼き入れ法のことなんだが、想像すると熱いビジュアルが頭に浮かんでこないか？　俺には見える……。炎の前で荒れ狂うように、なんか焼いてる半裸の男たちの姿が。そもそも男の肉体が映えるのは——」

「うるせえよ、語るな。想像力豊かにどうでもいいことを語るな」

マスターの暑苦しい戯《ざ》れ言《ごと》を、鼻に皺を刻んで栗田は一蹴した。

その隣では葵が「やー、勝手知ったる阿吽《あうん》の呼吸。いつも仲がよくて羨ましいですねー」と楚々《そそ》とした微笑みを浮かべている。

由加が栗丸堂で倒れてから二日後。栗田は昼の休憩時間中に馴染みの喫茶店で葵と会っていた。

由加への謎の贈り物は今のところ六日ごとに届いている。明後日《あさって》また同じことが起きるかもしれないので、軽く意見を交換していたのだが、例によってマスターが横から首を突っ込んできて、経緯を説明しているうちに話が脱線した。そしてすっかり掻き回されて、ふたりだけの素敵な空気は根こそぎ彼方へ吹き飛んだのだった。

「それはさておき――」

V胸当てのカフェエプロンをしたマスターが、白いカップを磨きながら続ける。

「確かに由加の人形焼の件は不可解極まりない。しかし、葵くんがいてもどうにもならんものか？　和菓子のお嬢様の葵くんさえいれば、この手の謎はすぐに解決されそうなイメージがあるんだが」

「やー、すみません。ご期待に応えたいところですけど、今のところ話を聞いただけなので、情報量がちょっと……。やっぱり実物を一度見てみないことには」

「だよな」

栗田が葵の発言にうなずく。

「じつは俺もどんな人形焼なのか、微妙にわからなくてさ。動物とか幽霊の人形焼って言われても、あくまでも由加にはそう見えたってだけだから。作り手の技術が未熟なだけで、案外、普通の人形焼をこしらえたつもりかもしれねえ」

栗田が補足すると、マスターは「ふふん、なるほど」と口角を上げて続けた。

「なんというか、地に足が着いた当事者の着眼点だ。さすがは和菓子のお嬢様と、和菓子の元不良だな」

「……その言い方、あまり嬉しくねえ！」

栗田は半眼で抗議した。

「元不良って、和菓子となんの関係もねえじゃねえか……。なんかこう、もっと格好いいやつあんだろ。これでも俺、和菓子作りも経営もちゃんと両立してるぞ？　明治時代から続く老舗の四代目だし、最近じゃ白鷺流茶道の御用達でもあるし」

「やー、確かに栗田さんはもう少し評価されてもいいですよね。若手に限れば、普通にずば抜けてるかと。仇名も和菓子の若武者とか若侍とか、もっと凛々しいものの方が似合う気がします。そしてわたしもそろそろ仇名をバージョンアップしてもいい時期じゃないでしょうか？」

唐突気味な葵の提案に、栗田は戸惑う。

「はい？　バージョンアップ？」

「ええ。まぁ家が家なので、お嬢様なのは事実ですけど、決してそれだけじゃないですもん。わたしにはミステリアスな大人の女という一面もあるわけで、そこを強調した仇名もたぶん悪くないんですよね。もっと男を狂わせる魔性を表現した――あぁ、そうだ。和菓子のキャットウーマンなんてどうでしょう！」

「……えー？」

栗田もマスターも度肝を抜かれて絶句した。

「ん。ちょっとこれ……いいかもですね！」

良家の令嬢らしい清楚《せいそ》な微笑みを浮かべ、葵は嬉々として続ける。

「自分で言っておいてなんですけど、はまってると思います。格好いいアイマスクと黒革のスーツで、ばっちり決めた女怪盗！　夜のビルの上をパルクールで駆け抜けて和菓子屋さんへ向かうんです。どうです？　ぴったりじゃないですか？」

「あのー……」

これが異才の発想というものか。栗田が返す言葉に迷っていると、突然、喫茶店のドアが勢いよく開いた。

振り向くと、大きなボストンバッグを持った由加が血相を変えて立っている。

「なんだよ由加、青い顔して」

——え？　まさか。

栗田が危惧したそのまさかだった。微弱に震える声で由加は答える。

「どうしよう……。また、例の荷物が送られてきた！」


栗丸堂の奥の客間で、栗田と葵と由加は緊迫した面持ちで座卓を囲んでいた。

座卓の上には、無地の白い紙箱が四つ並んでいる。

今まで届いたものを、由加が全部ボストンバッグに入れて持ってきたのだ。証拠品になるかもしれないと思い、念のために冷凍して取っておいたらしい。

「確かに不気味な人形焼だな……見れば見るほど」

栗田が低い声で呟くと、「でしょ？　何個かぐちゃっと割れてるのは、あたしが中身を確認したから。これって中は普通の餡こだよね？」と由加が言う。

「たぶんな。見た感じ、生地も普通のカステラ風だけど」

六日ごとに届いていたのはただの偶然で、規則性があったわけではないらしい。あるいはなにか理由があって発送を早めたのか――などと思いながら栗田は座卓の上をまじまじと眺めた。

四つの箱の中には人形焼がいくつも入っていて、いずれも奇妙な造形。由加が中身を確認したものも一応なんとなく原形は把握できる。

――とはいえ、不思議だ……。

届いた人形焼には、よくある七福神などをモチーフにしたものは一個もなく、どれも異形だった。虎やサソリや幽霊や死神などをデフォルメした、わかりやすくて不気味な形が多いが、中にはヨットやモアイといった、エキゾチックで人形焼のイメージとはかけ離れたものも紛れている。

ヨット？　モアイ？

だが見間違いではない。特徴を誇張して単純化した、他に解釈のしようがないタイプの造形で、確実にヨットとモアイだ。そこには明確な意思が感じられる。

そして栗田がなによりも意外だったのは、箱に入っていた人形焼の数が同じではなかったことだ。

一回目の箱には、七個。

二回目には、三個。

三回目には、四個。

そして四回目——今日届いたばかりの箱には、五個の人形焼が入っている。由加が何個か処分したわけではなく、最初からこの数だったという。

二日前に由加から話を聞いた際は、もっとびっしりたくさん詰まっているイメージを抱いたが、実状は全然違っていた。意外と少ないし、数が不揃い。中途半端に空いた箱の中のスペースも変な感じだ。

「予断は大敵ってやつだな。付属品の方も思った以上にシュールだ」

「これは——まさしく謎ですねー」

葵がそう言って栗田にうなずき、ふたりは対象をまじまじと観察する。

箱のそばには、同時に送られてきた付属品が置かれている。

一回目の箱の隣には「矢」、二回目は「餅」、三回目は「櫛」。

そして今回、箱と一緒に送られてきた付属品は——なんと「入れ歯」だった。

入れ歯といっても誰かが使用した形跡はなく、完全な新品。安っぽい作りだから、ジョークグッズの一種として販売されている品だろう。

入れ歯自体はどこかユーモラスな形ではあるものの、不気味な人形焼とセットで送りつけられると異常性が際立つ。一般的なストーカーによる行為ではない。

これは確かに不安を煽《あお》られるな、と栗田が思っていると、葵が軽やかに口を開く。

「やー、しかし人形焼をまじまじと眺めていると、おなかが空いてきますね」

「え？」

「まずはひとつ――」

葵がモアイの形をした人形焼を曇りのない笑顔で軽くつまみ上げる。

「うわああ！」

栗田は狼狽して声を張り上げた。「葵さん、駄目だ！　気持ちはわかるけど、それ食べちゃ駄目なやつだから――！」

するとと葵は人形焼を指でつまんだまま、ぴたりと動きを止めて、妙に味のある心外そうな表情で栗田を見た。

「……いやいや、栗田さん。確かにわたしは甘党ですけど、さすがに事件の証拠品を食べたりはしませんよ？」

「マジで？　大丈夫っ？　いや、決して信用してないわけじゃないんだが！」

「ふふ、わかってますよ。心配してくれるのは嬉しいです」

葵は少し恥ずかしそうに顎を引いて微笑むと、形のいい鼻にそっと人形焼を近づけて息を吸った。

「……ん。実際に目で見て、手で触れて、匂いを嗅げば、食べなくてもわたしには、ほとんどの和菓子の成分がわかります。これは形以外は出来のいい普通の人形焼ですね。卵と薄力粉と強力粉と砂糖とはちみつと牛乳を使ったカステラ生地に、甘さ控えめの餡。使った小豆はおそらく北海道《ほっかいどう》の十勝《とかち》産《さん》でしょう。丹波《たんば》ではないですね」

「――すげえ」

瞠目する栗田の前で、葵は他の人形焼を次々と手に取り、匂いを嗅いでいく。

「思ったとおり、どれも同じですね。普通の人形焼です。とはいえ、うーん……毒物の混入については、やっぱりわかりません。変な匂いはしませんけど、無味無臭の毒も当然存在するんでしょうし」

「そっか。それを調べたかったんだな、嗅覚で」

味覚と嗅覚は非常に強いつながりがあり、葵はどちらの感覚も常人離れしている。

腑に落ちて栗田は言葉をついだ。

「でもよ葵さん、つい慌てちまった後でなんだけど――俺はこの人形焼に変なものは入ってないと思う。それが目的なら、わざわざこんな不気味な形にしないだろ。むしろ送り主としてはそう簡単に食べてほしくない。だから手紙も入れずに、こんな不安を煽るような送り方してるんじゃねえかな？」

「あ、栗田さんもやっぱりそう思います？」

「思う」

「わたしも同感です。ただ、確認はしておいた方が思考がぶれずに済むので」

「だよな。おかげで焦点が絞れた」

「栗くん、葵さん……一体どういうことなん？」

そう言ったのは、話の展開に戸惑い気味の由加だった。

栗田は人形焼の箱のそばに置かれた付属品——矢、餅、櫛、入れ歯にちらりと視線を走らせて由加に答える。

「ん。たぶんだけど——一連のこれはなにかのメッセージで、だから付属品が必要なんだよ。矢とか櫛は、隠された意図がありますよって目印なんだと思う。いやまぁ、内容は正直まだよくわからんけど、ややこしい思惑があるのは間違いねえ」

「あたしになにか伝えたいってこと？　この人形焼で？」

由加が目を丸くした。

「だと思います。どこかの誰かがやむを得ない事情で、人形焼に託さざるを得なかったメッセージ——」

葵がうなずくと、由加が少し無理したような笑顔で、「はは。なんかそれ、重いを通り越して本気で怖いかも」と呟く。

「心配すんな。俺らがついてる。妙な目には遭わせねえよ」

「必ずなんとかします！」

葵が栗田の言葉を引き取るように力強く言った。


「えー、東京のお土産といえば人形焼――と一部の人の間では言われていますが、人形焼は昔から東京名物として有名な和菓子です。柔らかい皮の中に餡がたっぷり入ったこれですね。浅草にも雷門周辺や仲見世通りに老舗が多々ありますけど、もともとは日本橋の人形町《にんぎょうちょう》が発祥地なんだそうですよ。ちょっと時代を遡りますと、江戸時代の人形町は大変な歓楽街で、歌舞伎や浄瑠璃や人形芝居が盛んでした。そのため多くの人形師が住み着き、いつしか道の名前が人形町通りに――ひいては昭和八年に、町名も人形町になったんだそうです。その界隈《かいわい》で発明されたお菓子だから人形を模していたんですね」

ここぞとばかりに葵が語っているのは人形焼の薀蓄だった。

そこにメッセージが秘められているのなら、まずは成り立ちを知っておきたいと思って栗田から話を振ったのだ。

ややあって葵の独演会がひと息ついたのを見計らい、栗田は口を開く。

「じゃあ、あれか。作られたのが別の場所なら、人形焼じゃなかったかもしれないんだな。例えば三軒茶屋《さんげんぢゃや》で発明されてたら、三軒茶焼みたいな」

「やー、なんかお洒落な別物の和菓子に仕上がってそう。でも人形焼の形も今では色々ですからね。昔ながらの文楽人形や七福神をモチーフにしたものもあれば、浅草だと鳩や提灯や五重塔などなど、名所の特徴を前面に出したものも多いですし。探せば他にもいろんな人形焼があるんでしょうね」

「ん……。こういうのは？」

栗田は座卓の上に置かれた人形焼の箱を指差す。

由加宛てに届いたものだ。それぞれの箱に入っている人形焼の形は——。

一回目が、幽霊、蕎麦、牛、角《つの》、きのこ、蓮《はす》、虎。

二回目が、サソリ、死神、猪《いのしし》。

三回目が、ラクダ、手形、弁慶、ヨット。

四回目が、死神、モアイ、桜、碁石、虎。

「これは……さすがに見たことないですねー」

葵が静かに溜息をつき、腕組みして続ける。

「もちろん専用の焼き型さえあれば、どんな人形焼でも作れるんですけど、サソリの人形焼なんて、普通のお客さんは喜ばないでしょう。やっぱり食欲を誘わないものをわざと選んだのかな……。でも、きのことか桜は普通にあってもおかしくない形ですし、判断が難しいところです。ところで栗田さん、これちょっと見てくれません？」

葵が両手の人差し指を、それぞれ別の人形焼に向けた。

指が向けられた先にあるのは、二回目の死神と四回目の死神――。

「あ、両方とも同じ形！」

はっとする栗田に、葵が指の方向を変えて言う。

「じつはですね、虎も二個」

「お、ほんとだ」

一回目と四回目の箱の中に同じ虎がある。

栗田はそれらを食い入るように眺めた。

二個の死神、そして二個の虎の人形焼も、まったく同じ形である。やはり手作業ではなく焼き型を使用している――だとすれば。

「なあ葵さん、思いつきなんだけど、焼き型の持ち主の方向からアプローチできねえかな？」

「ん。と言いますと？」

「さっきの話だと人形焼の歴史って相当古いだろ？　でも商売はいつの時代も楽じゃねえ。それだけ歴史があるなら試行錯誤の回数も多い。これは和菓子屋の店主としての実感。味の話に限らなくて、見た目も飽きられないように改良してきたはずだ。長い年月の中で、どれだけの焼き型が作られてきたのか……。それは老舗の歩んできた道のりに重なると思う」

「ああ――」

「そう考えると、形が多様なのもうなずけねえ？　きのことか桜とか、今でも普通にありそうなものと、いかにも目新しさを追及して実験的に作られた感じの、ヨットとかモアイが混在してる理由が推し量れるというか」

「……なるほど！」

葵が両手をふわりと合わせ、由加が困惑気味に口を開く。

「ごめん、栗くん葵さん。さっぱり意味わからん。なにが言いたいの？」

「悪い、説明不足だったな。つまりさ、この妙な人形焼は葵さんでも見たことない、変わった焼き型で作られてるんだけど――それってじつは歴史に埋もれた過去の遺物なんじゃないかって」

「昔は使われてたけど、今は廃れた……。スマホじゃなくて黒電話みたいな？」

由加の言葉に、葵が「ええ」とうなずいて話の穂をつぐ。

「実際、人形町の某老舗の人形焼屋さんも、昔は七福神の顔ではなく、全身を象った人形焼を作ってたそうです。造形に歴史ありですよ。昔、人形町周辺には漁師町があったりして——例えば近くの蛎殻町《かきがらちょう》の由来は、牡蠣《かき》の殻が堆積した海浜があったからだという説があります——だから貝とか魚の形の人形焼もあったのだと、お祖父様《じい》に昔聞きました。発祥の土地の老舗なら、今のと違ういろんな焼き型が残ってるかも。使わなくなったからって気軽に捨てるようなものでもないですし」

「やっぱそうか。光明が見えてきたな」

栗田は気分の高揚に任せて続ける。

「老舗に出入りしてる関係者なら、これくらい変わり種の焼き型を入手できてもおかしくねえ。もらったのか、勝手に拝借したのかまではわからんけど、長い歴史の中からのピックアップだから多種多様なんだ。人形焼にメッセージが隠されてるなら、作った道具を突き止めるのが解決への早道！」

突然スマートフォンに着信があったのは、栗田が確信的にそう言い放ったときだった。せっかく漲《みなぎ》った意欲がすっぽ抜けた気分になり、仏頂面で画面を見ると、珍しい名前が表示されている。

「……もしもし？」

電話に出ると、「あはー。こんにちは栗田くん」という上宮暁の飄々とした声が耳に飛び込んできた。

「なんだよ上宮。急にかけてこられるとびっくりすんだろ。今後は、これから電話しますよって電話を一本、事前に入れるようにしてくんない？」

「いいですよ。ただ、それでもびっくりさせるかもしれませんし、これから電話する旨の電話をする前に、もう一本、連絡の電話を入れましょうか？」

「はいはい。きりないから、もういいよ。なんの用？」

「都合がつきました」

「あ？　いきなりなんの話」

「先日の由加くんの件の解決編です。僕自身が行こうかとも思ったのですが、やはりこの手のトラブルは本職に任せるのが一番。スケジュール調整に手間取ったものの、根気強くおねだりしたら引き受けてくれましたよ。彼さえいれば、もう安心です」

「その言い方、逆に不安を誘うな……」

ただ、気にしてくれていたのは内心嬉しい。意外と律儀なんだなと思いつつ、栗田はぶっきらぼうに送話口の向こうへ尋ねる。

「誰なんだ、彼って？」

「これを切った後、栗田くんのスマートフォンに連絡が行くので、安心して出てくださいね。水天宮の興信所――STリサーチの敏腕調査員、秦野勇作という方です」

＊

翌日は空気が澄み、抜けるような晴天だった。

「人形町――江戸時代から芝居や浄瑠璃で皆を惹《ひ》きつけてきた、粋なスポットだ。そこには銀幕に映える大人の男が似合う……なんて余談はさておき、ふたりともこの辺には詳しくなさそうだな？　人形町は俺の庭みたいなもんだ。ついてきな」

そんなことを洒脱《しゃだつ》に言い放ち、現在、栗田と葵を先導して歩いている秦野勇作は、言動と同じように個性的な男だった。

黒のスーツと中折れ帽子が似合う、針金のように瘦せた長身の男。年齢は見た感じ栗田より十歳近く上だろう。

独特の風貌といい、口ぶりといい、必要以上に渋くて栗田としてはジェネレーションギャップを感じるが、間違いなく仕事はできる。というのも、由加に届けられた人形焼に毒物が含まれていないことを秦野は既に調べてくれたのだ。

昨日、上宮からの電話を切ると、直後に秦野から連絡が来たので、事件の概要を伝えて今後の方針を話し合った。

まもなく秦野は栗丸堂に実際にやってきて、由加に届いた人形焼の写真を撮り、ピンセットで欠片《かけら》を採取。元法医学者で現在は開業医をしている知人のもとへそれを持ち込み、問題がないことを確認してもらったのだという。

敏腕だという上宮の弁は、あながちサービストークでもなかったらしい。

しかし、まさか本職を呼んでくるとは――。

上宮暁――相変わらず斜め上の発想力だと栗田は呆れ半分、感心したものだった。

さておき、今日の目的は人形町の老舗を巡り、由加の人形焼を作るのに使われた、焼き型を探すこと。

秦野は趣味でスイーツブログを運営している甘党で、人形焼屋にも詳しいそうだ。

栗田の仮説にも仕事を超えた興味を示したので、案内と段取りを頼んだのである。

今日の栗田は店を中之条と志保の二人に任せて来ているため、それほど時間の余裕があるわけではない。できれば早く戻りたいので、秦野のプロのやり方を素直にご教授願うことにする。

下町情緒が色濃く残る町並みを横目に、葵と並んで歩き続けていると、前方の秦野が振り返った。

「ところで、あんちゃん」

「あんちゃん……俺？　なんすか」

「上宮とはどんな関係なんだい？」

秦野の質問に栗田は少し面食らった。

「あれ、聞いてないんですか？　こないだ旅行先で偶然知り合って」

「一緒に和菓子関係のいざこざを解決したんだろ？　もちろん知ってるが、普通はそこで話は終わりだ。他にもなんかあるんじゃないかと思ってな」

「ん……」

それは確かに栗田も内心、胸に引っかかっていた。

和菓子の太子様と呼ばれていたらしい昔はともかく、今の上宮は宗教学専攻のごく一般的な大学生。プロの和菓子職人の栗田とは接点がないと言っていい。

にもかかわらず、ここまで——。興信所の調査員まで紹介してくれるというのは、少し親切すぎる気もする。

——やっぱりあいつ、葵さんに……。

どうしてもそれを危惧してしまう。

栗田にとって上宮は今でも捉えどころのない、未知数の存在。だから断言はできないが、言葉や態度を抜きに行動だけを取り出して解釈すれば、充分あり得ることだ。

古都で再会した際、上宮はかつての葵への憧れを思い出した。その気持ちに自分でも気づかぬまま——あるいは感情のカモフラージュを兼ねて、栗田の方に遊び感覚でしばしば接触してきているのでは？　意識的な行為と無意識の行動の中間では？

——いや。

栗田はかぶりを振る。今それを悩んでも仕方ない。

「俺にはわからないですね。酒でも飲んだとき、あいつに直接訊いてみたら？」

「ふむ、いい案だ。——と言いたいところだが、そんな簡単なやつじゃないのは知ってるだろ？　あいつ酒も強いんだよ」

甘い物好きで酒好き、と呟いて秦野が続けた。

「ま、俺もそうなんだが」

「やー、確かにあの人は酔っても顔色が変わらなさそうですね。ところで秦野さんは上宮さんとどんなご関係なんですか？　やっぱりスイーツブログが縁で知り合ったんでしょうか？」

葵が尋ねると、秦野は軽く人差し指を振る。

「いや、そこは関係なくてな。じつは昔、とある骨董品にまつわる事件で、あいつに助けてもらった。八年前の話だから、思えば長い付き合いさ」

「八年――」

「しかもその事件、まだ完全な形では終わってねえ。取り逃がしたのが、とんでもないやつだったからな。後悔先に立たずんだ餅――。ずんだ餅が固くなる前に手を打っとけって話だよ。おかげで俺は今でもよく、あちこちの古民具の店を巡ってる」

「はあ……。ずんだ餅は美味しいですけど」

釈然としない顔で葵がまばたきしていると、秦野がぴたりと足を止めた。

「まぁいいや。着いた着いた」

「へ？」

栗田と葵が一瞬固まったのは、そこが人形焼屋でもなんでもなかったからだ。

親しみのある店が立ち並ぶ、ほっと懐かしい印象の通り。道沿いには点々とのぼりが立ち、緩やかに揺れるその緑色の生地には、白文字で「甘酒横丁《あまざけよこちょう》」と書かれている。

「えっと……秦野さん？」

怪訝に思って栗田が声をかけると、「景気づけだ」と秦野は言った。そして近くで店頭販売している甘酒を三人分購入し、栗田と葵にもそれが入った紙コップを渡す。

「ひさしぶりに飲みたい気分だったからな。一杯おごるよ」

まるでバーで酒でもご馳走するような口調で秦野は言うと、気障《きざ》にグラス——ではなく紙コップを傾ける。

「あー、旨いっ！　いいか、あんちゃんにお嬢ちゃん。真っ昼間から酒を飲んで気分よく働く。それが——ハードボイルドってやつさ」

「いや、それ全然ハードボイルドじゃねえよ！　ただの飲んべえじゃねえか！」

意外と困ったおっさんだな、と思いながら栗田は半眼でぼやく。

「甘酒自体は好きだけど、遊んでる場合じゃねえんだよ。葵さんもなんとか言ってやってくれよ」

栗田が背後の葵に顔を向けると、さらに気の抜ける姿が目に入った。

「にゃー」

葵が色白の頬をほんのり上気させて、ご満悦顔をしている。両手で紙コップを持ち、陽だまりの猫のように目を細めて甘酒を飲んでいた。

「やっぱりいいですね、外で飲む甘酒はー。あったまるー」

子供のように邪気のない満面の笑みは、少し震えが来るくらい可愛いが——。

「……大丈夫？　酒強いんじゃなかったのか？」

「なんでですか？　お酒強いですよ？　それにこれノンアルコールですし」

「でも、さっき猫の言葉を喋ってた気が」

「美味しいものは想像力を膨らませますからねー。今のわたしは心の中で、猫のアイマスクと黒革のスーツに身を包んだ怪盗に変身してます」

にゃんだと？

と、心の中で呟いて栗田は空を見上げた。

「……ま、いいか」

彼女の笑顔を見ていると大切なことを思い出す。好きな相手との何気なくも素敵なひととき——ひとつのことに囚《とら》われて、目の前に展開するそれをないがしろにするのは人生の損失だろう。肩の力を抜いて栗田も紙コップの甘酒を飲んだ。

「お、これは——」

口内でふわっと香りが広がる。

癖のない澄んだ甘さ。なおかつ芳醇《ほうじゅん》。酒粕《さけかす》をお湯で溶いたものではない。

「米麹《こめこうじ》から作った甘酒だな。こりゃ旨い」

「でしょう？」

間近で弾ける葵の笑顔も相まって、驚くほど美味しく感じた。豊かな風味に誘われて、栗田の本能が胸の底に沈んでいた言葉を自然と掬《すく》い上《あ》げる。

「『なかなかに、人とあらずは酒壺《さかつぼ》に、成りにてしかも酒に染みなむ』——だな」

「栗田さん……いただきましたー！」

葵がぱっちりと目を見開き、少し興奮気味に続けた。

「忘れた頃に繰り出される、歌人、栗田仁の不意打ち風流発言！　そのたびにいつも少しどきっとしてしまうわたしです。どなたの歌なんですか？」

「あ、ああ……。大伴旅人《おおとものたびと》。飛鳥時代から奈良時代にかけての歌人だよ。酒をやたらと褒める歌を大量に残してる飲んべえでな。この歌は『中途半端に人間でいるより、酒壺になって酒に浸っていたいものだ』くらいの意味」

「はー、酔った人の何気ないお喋りも、歌になると趣があるものですねー」

葵が感心した顔でうなずき、隣の秦野も満足そうに甘酒を飲みながら言う。

「ふむ、勉強になるじゃねえか。あんちゃんは和歌をやってたのか？」

「や、別に。今のは学生時代の国語の授業中に雑談で聞いたのを、ふと思い出しただけです。つーか、呑気《のんき》に甘酒飲んで駄弁《だべ》ってる場合じゃないでしょ、秦野さん。今日でこの辺の人形焼屋、全部回らなきゃならないのに」

「あ、それは心配ない」

「……なぜに？」

「名前が人形町だから、いかにもたくさんありそうな気がするだろ、人形焼の店。でもな、じつは人形町には二軒しかないんだ」

「え、そうなんですか？」

「少し前までは三軒あったんだけどな。皆に愛された名店で……。ともかく、今残ってる二軒の人形焼屋はどっちも有名な老舗で、ここからも近い。根回しも済ませてるから、行けばすぐ結果を聞かせてくれる」

「根回しって？」

「俺は常連で、店主とも顔馴染みだからな。スマホで例の人形焼の写真を送っておいたんだよ。同じ焼き型がないか確認しておいてくれって」

「……めっちゃ手際いいじゃないですか」

「備えあれば、ういろうなし。――準備が整っていれば、失敗して、ういろうの甘味で自分を慰めることもないって諺さ。プロの仕事は段取りで決まるんだよ」

そう嘯いて甘酒の紙コップを傾ける秦野の姿は、妙に渋く栗田の目には映った。

＊

栗田と葵が人形町から浅草に戻ってきたのは、それから二時間後だった。

秦野の根回しのおかげで調査自体は円滑に進んだが、残念ながら成果はなし。どちらの人形焼屋の店主も、由加の人形焼の焼き型には見覚えがないということだった。

参考までに古い焼き型を見せてもらったところ、確かに魚類や貝類、イカやタコなど珍しい形のものが多々あった。

しかし、さすがに死神や幽霊は見当たらない。そういう形は、たとえ実験的にでも商売道具には用いないだろうというのが両店の主人の見解だった。

「まぁ、気を落とすな。人形焼の老舗は他にもある。上野や錦糸町《きんしちょう》にも有名な——そうそう、あそこでは狸の形のやつを売ってたっけ。こっちで調べておいてやるよ」

秦野はそう言って立ち去り、栗田と葵は言葉少なに電車で浅草へ帰ったのである。

駅の外に出て、見慣れた風景に軽くひと息つき、栗田と葵は栗丸堂へ歩き始めた。

しばらくは何気ない会話を交わしていたが、やがて栗田は一拍の間を挟み、少し真面目な声を出す。

「あのさ、葵さん。今日は――ありがとな」

「栗田さん？　急にどうしたんですか？」

不思議そうに目をしばたたく葵に、栗田は眉の横を掻いて説明する。

「ん、由加のためにわざわざ人形町まで行って、骨折ってくれて。なんつーか、ほら。由加って俺にとっては幼馴染だし、なにやっても仕方ないところあるけど、葵さんとは知り合って一年とちょっとだろ？　しかも、そのわりには結構頻繁に迷惑かけてるような……。そんなことなかったか？　正直、お互いをどう思ってるのかわからねえ部分もあるし」

「――なるほど」

葵は屈託のない爽やかな笑みを浮かべて続けた。

「人間関係って色々ありますからね。ただ、わたしは由加さんに迷惑をかけられたことは一度もないですよ。いつもフラットに接してくれる、ありがたい友達だなーって本音で思ってます」

「そうなのか」

「性根の優しい同性の友達はいいものですよ。大人になると、だんだん少なくなっていきますからね。大事にしないと」

確かにそのとおりだと栗田は思った。

そして同性だけじゃない。異性との関係も大事にしないといけない。俺と葵さんのことを、もっと――と栗田がその件に意識を向けたとき、雷門通りのアーケードの下で意外な光景を目にする。

「あれ？」

雑踏の中、観音通りへと曲がる角で、見覚えのある男がスマートフォンを片手に得意げに由加と話していた。

年齢は三十歳くらい。洒落たジャケットに、デニムとスニーカーを合わせている。それは前に仲見世通りで由加と一緒にいた男だった。そして弓野の話では、ふたりは交際中らしい。スカイツリーでデートしているのを見たと彼は言っていたが――。

なんだよ、と栗田は思う。

由加はちょっと無理している様子だ。表面上は弓野の解釈のように仲睦《むつ》まじく見える。事実、顔にも笑みを浮かべているが、幼馴染の栗田にはわかる。

由加は背中をかすかに丸め、笑顔も曇っていて不自然。頑張ろうと心の中で自分に言い聞かせている感じだ。もちろん幼馴染だから察知できることで、相手の男は気づいていない。

「あ、由加さんだ」

栗田の視線を追って、葵が遠くの由加に気づく。そして直後に「あれ？　あの男の人」と呟いた。

「ん。葵さん、知ってんのか？」

「やー、見間違い……ではないですよね。由加さんの隣で喋ってる人、有名なあの方じゃないですか？」

「あの方？」

「ほら、TVにも時々出てる——なんだっけ、えっと……そうそう！　インフルエンサーの遠矢《とおや》弘幸《ひろゆき》さん。最近、下町に活動の場を広げたとかで話題になってます」

「遠矢……？　ああ！」

栗田もつい声をあげる。道理で初見の際、どこかで見た顔だと思った。

インフルエンサーとは、SNSなどのソーシャルメディアで大きな影響力を持つ人のこと。いわゆるネットの有名人だ。栗田はいまいち興味が持てないが、それでも遠矢の顔と名前はニュースサイトなどで時折見かける。確か若い起業家を支援するサロンビジネスを手がけているという話だった。

ネット上だけではなく実際のオフィスをいくつも借りて、広範囲にわたって活動するのが遠矢の特徴で、そこは瀟洒《しょうしゃ》なカフェのように居心地のいい空間らしい。

「あれ？　栗くんに葵さん？」

話し声で気づいたらしく、由加が栗田たちに顔を向けた。こっちこっちと手を振るので、流れで由加たちのもとへ近づく。

怪訝そうな顔の遠矢弘幸に向かい、栗田は軽く会釈した。

「どうも、はじめまして。由加の友人で、近くで和菓子屋をやってる栗田仁です。こちらは鳳城葵さん」

「あ、その……はじめまして」

葵が人見知り気味の固い挨拶をする。

遠矢は「ふうん、近所に住んでるお友達ですか。この辺で店をやってるなんてすごいな。若き起業家ってわけだ」と感心したように言った。

「や、俺はただ、親の店を継いだだけなので」

「あぁ、なるほど。しかしそれでも充分すごい。社会から支援されるべき存在ですよ。資金繰りは大丈夫？　稼げてますか？　知ってると思うけど、俺はその辺の必勝法を教えるサロンを運営してててね。浅草からも近いんですよ。歩いて行ける」

遠矢はかなりの自信家のようで、自己紹介すらしない。あるいは皆が自分をご存知だと思っているのか、由加のこともそっちのけで栗田を自分のサロンに勧誘する。

「……や、俺はそういうのはちょっと」

「うちの会員にも店をやってる人いますよ、飲食で。その人は稼ぎが十倍になった。ビジネスは付加価値が大事です。きみの店は価値を充分マネタイズできてる？　五年後、生き残ってる自信あり？　世の中、稼ぐ力がすべてですよ」

「俺は――」

両親のやり方と、今の時代の手法を自分なりに混ぜてやっていくから、サロンには興味ない、という意味のことを栗田が丁寧に、しかしはっきり伝えると、遠矢は露骨に面白くなさそうな顔をした。

「ああそう。まぁ、それもひとつの考え方ではある。きみの店は時代の波に乗れないだろうけどね。――バイ由加さん、また連絡するよ」

素っ気なくそう言って遠矢弘幸は立ち去る。アーケードの下に残された栗田たち三人は、気まずい空気の中でしばらく言葉に迷った。

「なんか気分を害しちまったみたいで、悪かったかな。その……由加はいつからあいつと付き合ってるんだ？」

「付き合ってるというか……」

栗田の質問に由加は顔を伏せて口ごもり、「付き合いそうというか」と呟く。

「なんだそりゃ？」

「ん。最初はね、編集部に頼まれた、話題の人にインタビューする仕事で知り合ったの。そのときにちょっと……誘われて？　なんとなく流れで、ごはん会とかお出かけとか、ご一緒したり——みたいな」

「それを付き合ってるって言うんじゃねえの？」

「でも別になにもしてないし、告白されたわけでもないし」

「告白って。十代じゃないんだから、面と向かってそんなことしないっつの。お前だってわかるだろ？」

自分のことを完全に棚に上げて栗田は言った。葵とは、栗田の方から告白して交際に至っている。

「でも……」

由加は物憂げに俯いて口を濁す。でも——なんなのだろう？

由加には笑顔でいてほしい。栗田の中でその気持ちは非常に強いが、今の態度を見ていると、とても背中は押せない。らしくない由加の様子にもやもやしていると、

「――ああっ！」

ふいに隣の葵が両手で勢いよく頭を抱えた。ぷるぷると震えながら彼女は言う。

「そうか、そういうことだったんですね……。今になって解読の手がかりがすべて出揃うなんて」

「急にどうしたよ、葵さん？」

「あ！　すみません、お話の邪魔をしてしまって。突然ですけど、わたし、今日はここで失礼します。ちょっと家でやらなきゃいけないことができて……。でも、明日また来ます。そのとき、由加さんの人形焼の謎は解きますから！」

葵は早口で捲し立てると、行儀よくお辞儀をして風のように走り去り、後に残された栗田と由加は唖然として立ち尽くしたのだった。

＊

「それだけ言って葵さんは帰っちゃったんですか？」

翌日、栗丸堂の作業場で、昨日の顚末を聞いた中之条が不思議そうに言った。

時刻は十一時を少し過ぎたところ。生菓子をほぼ作り終わったので、この後は交代で昼休憩を取ってから午後の仕事に移る。

「ああ。すごい勢いだった。基本おっとりしてるけど、足は速いんだよな」

「動けるお嬢様――ですね。というか栗さん、昨晩ちゃんと眠れました？　僕ならその言い方されたら、気になって延々と考えてしまいそうです」

「寝たことは寝たよ。で、人形焼が浅草中を走りまわる夢を見た」

「わぁ、ホラーというかコメディというか……」

そんな会話をしていると、さっと暖簾をくぐって志保が作業場に顔を出す。

「おい栗！　葵ちゃんがおいでなすったよ。今日は和菓子を食べに来たわけじゃないみたいだけど」

「ん、結構早いな。用件は例の人形焼のことだよ。客間にあがってもらってくれ」

「あいよ」

栗田は白衣と和帽子を脱ぎながら作業場を出た。廊下を奥に進んでプライベートの台所に行き、冷凍庫に保管していた由加の人形焼を取り出して持っていく。

客間では、葵が既に座卓のそばに正座して待っていた。

「お待たせ、葵さん。それで昨日は大丈夫だったか？　なんかえらい慌ててたけど」

栗田が由加に届いた人形焼入りの箱を四つ全部、座卓の上に並べながら言うと、

「やー、お恥ずかしい……」

葵はそう言って紅潮した頬に手を当てた。

「あのときはつい気が逸って、文字どおり全力疾走してしまいました。でも、もう大丈夫です。協力者にも恵まれましたし――。とりあえず例の人形焼の解読をしちゃいましょう。思えば今回は、本当に残念な案件でした」

「残念……？」

「はい。これらを由加さんに送りつけた人のミスが残念、ということですけど」

――どういう意味だろう？

栗田は眉をひそめて、座卓の上の四つの箱を眺める。箱の中の人形焼の形は――。

一回目は、幽霊、蕎麦、牛、角、きのこ、蓮、虎。

二回目は、サソリ、死神、猪。

三回目は、ラクダ、手形、弁慶、ヨット。

四回目は、死神、モアイ、桜、碁石、虎。

そして付属品は一回目が「矢」。二回目が「餅」。三回目が「櫛」。四回目が「入れ歯」というものだった。

ふいに葵が箱の中の人形焼を指差す。

右手の人差し指で、二回目に届いた箱の中の死神を。

左手の人差し指で、四回目に届いた箱の中の死神を。

そういえば前にも同じことがあったのを栗田は思い出す。死神だけではなく、虎の形もふたつあって、そこから焼き型探しに出かける方針に至ったのだが――。

どうも栗田の独《ひと》り合点《がてん》だったらしい。

「最初に見たとき、これは暗号だろうなーとは思ったんです。その手のものは解くためのルールが多種多様なので、解読は大変だろうなと」

「暗号……」

「ええ。ただ、同じ形の人形焼が二セットあることに気づいて、あ、これは単に文字を形に置き換えてるだけの初歩的なやつかな？　と考えました。パズルみたいな高度な暗号なら重複する形は使わないでしょうし、もっと統一性のあるモチーフを選ぶ気がするんです。でも、なんかこれは美学がないというか……行き当たりばったりな形のラインナップに見えません？」

「確かに。まぁ、犯人が聞いたら腹立てそうだけど」

「この雑多すぎる形も、文字を置き換えたものだと考えたら納得いくんですよ。とにかく形を大量に用意しないといけませんからね。アルファベットだと二十六個。ひらがなだと……四十六個？　というわけで、まずは楽そうなアルファベットにする方向で考えてみました」

一回目の人形焼の形は、幽霊、蕎麦、牛、角、きのこ、蓮、虎。

幽霊を「ＹＵＲＥＩ」の「Ｙ」だと仮定したり、「ＧＨＯＳＴ」の「Ｇ」に仮定したりしながら、形をアルファベットに置き換えていく。しかし残念ながら意味のある英単語にならない。ローマ字の場合は母音が足りなかった。

だったら次はひらがなにしてみよう。初歩的なやり方で、使うのは先頭の文字だ。幽霊の「ゆ」、蕎麦の「そ」、牛の「う」、角の「つ」、きのこの「き」、蓮の「は」、虎の「と」――。

「ゆ、そ、う、つ、き、は、と」の七文字ができた。

これに付属品の「矢」をひらがなの「や」に変えて、文字どおり付属させてみる。

すると「ゆ、そ、う、つ、き、は、と、や」の八文字だ。

それらを色々と並べ替えて、「輸送、月、鳩屋」とか「やつはそきゆうと」――やつは訴求と？　などと頭の中で検証を繰り返していった。

ただ、どうしてもそれらしいメッセージ性のある文章にならない。

幽霊の人形焼は愛嬌がある形だから、読みが「お化け」なのかもしれない、などと解釈を変えてみる。その場合の先頭文字は「お」だ。

「お、そ、う、つ、き、は、と、や」の八文字だと考えたら――。

そんな試行錯誤を何度も何度も重ねつつ、葵は内心困っていたのだという。

「やー、頭を捻りましたよ。これが暗号なら解けないのは変なんです。そもそも特定の誰かに解かせるために暗号化するわけですからね。どこかでなにかが失敗してて、解読不能になってるんじゃないかと不安になりました。――そして、それは種明かしすると、出題者の不手際だったんです」

「出題者っていうと……暗号を作ったやつ？」

「ええ。出題者はこの暗号に人物を指す言葉を入れてるんですけど――由加さんならわかるんですよ。ただ、由加さん単独でこの暗号を解くのは困難。かといって他の人では、その人物が関わってることを知らない。だからやっぱり解けないんですよね」

葵は溜息をついて続けた。

「まぁ、大勢でわいわいやりながら解けばよかったのかもしれませんけど、栗田さんにはお仕事もありますし、皆の都合だってありますし、現実的には難しいでしょう。あと、由加さんのデリケートな話題は皆の前で言い出しにくい……。出題者もそれはわかっていたはずで、だからこそミスなんです」

そして葵は、一回目に送られた人形焼と付属品を、並べ替えて卓上に置いた。

虎、お化け、付属品の矢、蓮、牛、蕎麦、角、きのこ。

「――えっ？」

栗田はぎょっと目を見開く。

並べ替えた人形焼の先頭文字を拾うと、『とおやはうそつき』――遠矢は嘘吐き？

「それって、あの遠矢弘幸……？」

栗田の呆然とした呟きに、葵がうなずいて答える。

「昨日、由加さんと遠矢さんが一緒にいるのを見て、やっとつながったんです。あの偶然がなかったら、あと数日はかかったでしょう」

葵は他の人形焼も同じように並べ替えて続けた。

「ぴったり来る最初の文章ができた時点で、暗号のシステムは確定。それに加えて、意味する方向もなんとなく見えたので、後はまあ楽にできました――」

二回目の人形焼は、サソリの「さ」、死神の「し」、猪の「い」。

「さしい」を並べ替え、付属品の「餅＝もち」を付ける。

『さいしもち』――妻子持ち。

三回目は、ラクダの「ら」、手形の「て」、弁慶の「べ」、ヨットの「よ」。

「らてべよ」を並べ替え、付属品の「櫛＝くし」を付ける。

『よくしらべて』――よく調べて。

四回目は、死神の「し」、モアイの「も」、桜の「さ」、碁石の「ご」、虎の「と」。

「しもさごと」を並べ替え、付属品の入れ歯――ではなく「義歯＝ぎし」を付ける。

『しごともさぎし』――仕事も詐欺師。

「まとめると『遠矢は嘘吐き。妻子持ち。よく調べて。仕事も詐欺師』となります。解読は以上でした」

ややこしい話をこれ以上なく明快にして葵はそう締めくくった。

「そっか……。昨日のあれは、そのことに気づいた瞬間だったのか。まさか遠矢に関するメッセージだったなんて――」

彼に対して言いたいことがマグマのように沸き起こるが、ふと栗田は気づく。

「ん？　でも葵さん、あんなに急いで家に帰ってなにしてたんだ？」

「やー、それはもちろん調査ですよ。遠矢さんが実際にはどんな人なのか、裏づけを取らないと。解読したメッセージにも『よく調べて』ってありますし」

「なるほど」

そして葵は家の使用人たちと、ネットで遠矢弘幸について調べたのだそうだ。

遠矢は毀誉褒貶の多い人物で実態はよくわからなかったが、騙されたと訴える者の体験談はごろごろ出てくる。これはもう本職に調べてもらった方がいいと思い、葵はSTリサーチの秦野勇作に電話して、正式に調査を依頼したのだという。

「秦野さんに？」

「他にこの手のことに長《た》けた知り合いがいなくて。ただ、電話で依頼した時点で、ほとんど解決したんですよ。じつは遠矢さんの被害者ってかなり多いみたいで、もう何件もSTリサーチに相談が持ち込まれてるんだとか。正式な調査報告書はまだもらってませんけど、暗号で書かれてた内容は事実だそうです」

「詐欺師だったのかよ……。サロン入らなくてよかったぁ」

秦野の話によると、遠矢弘幸は既婚者。そして筋金入りの遊び人だという。今までも独身女性が何人も、遠矢のことを調べてほしいと依頼に来ているのだそうだ。

遠矢のやり方は基本的に小物じみた卑劣なもの。独身だと偽って女性と交際し、雲

行き が怪しくなってきたと感じたら理由をつけて別れる。

サロンの会員なら適当な理由をつけて強制脱退させ、仕事相手なら相手の上役に根も葉もない悪評を吹き込み、仕事を奪ったりもするという。

由加の容姿は普通に可愛い。きっと遠矢の好みのタイプだったのだろう。

「くそっ！　ふざけやがって」

胸に激しい怒りが込み上げ、栗田は拳を強く握り締める。

平常心を保つため、ふうっと大きく深呼吸してから言葉を吐き出した。

「……とはいえ、やっと俺にも大体のことが飲み込めた。なんでわざわざ人形焼でこんな妙なことをするのか、ずっと気になってたんだ。でも、まさにそれが目的だったんだな？」

「ええ、気にさせたかったんです。いわゆる親切心による謎作り。遠矢さんのことがあるせいか、最近ちょっと栗丸堂にご無沙汰気味だった由加さんを、また店に呼び寄せる意味もあったんでしょうね。そして仲間全員で奇妙な謎に驚き、暗号解読に頭を捻って、いろんな仮説を紡がせたかった――違いますか？」

葵が廊下にそう呼びかけると、「違いません」と言って客間に入ってくる者がいた。

中之条だった。

「……やっぱお前か」

栗田は渋面で呟いた。

気になって廊下で栗田たちの話を聞いていたらしい中之条が苦しげな声を出す。

「すみません、栗さん、葵さん……。僕、どうしても放っておけなかったんです、由加さんのこと」

「ったく、ややこしい真似しやがって。妙な人形焼を撒《ま》き餌《え》にして、栗丸堂に俺らを集めて暗号の謎を考えさせる。巻き込む人数は多ければ多いほど、おおごとになるから望ましい。んで、最終的には解読したメッセージの内容で、由加に遠矢への疑念と警戒心を持たせようって魂胆――。ってことでいいんだよな？」

「……そのとおりです」

中之条は座卓のそばに歩み寄ると、栗田の対面に正座して頭を下げた。

「本当に――申し訳ありませんでした！」

「いいよ、別に頭とか下げなくても。水臭えんだよ。それより詳しく聞かせろ。遠矢の件はどうやって知ったんだ？」

「ん。それは本当にたまたま――」

休日、吾妻橋《あづまばし》を渡っているときに偶然すれ違ったのだという。

遠矢弘幸と、いかにも親密そうな三十代の女性が並んで歩いていたので、直感を刺激された中之条はさりげなく後をついていった。そして橋の先の交差点で信号待ちをしていた遠矢の薬指に、結婚指輪がはまっているのを目にする。

後をついていったのは、これを危惧したからだった。

嫌な予感が最悪の形で当たってしまった——。

中之条は、もともと由加が遠矢に誘われて頻繁に出かけていることを知っていた。かなり無警戒に浅草でもデートしているため、中之条以外にも大勢が目撃している。顔馴染みの店などで「由加にもとうとう彼氏が……よかったねぇ」というような話が交わされるのを何度も耳にしていた。

だから、普通の交際をしているものだと思っていたのだが——。

ネットで調べると、とんでもない噂が雨後のカタツムリのように次々と出てくる。

意を決した中之条は、何度か由加に直接、自分が見たものについて伝えた。

「もう少しまじめに聞いてください。由加さん騙されてるんです。SNS上じゃ格好よく見えても、匿名の掲示板では評判悪いんですよ、あの遠矢って人」

「掲示板……？　ていうか、そもそもなんで中之条くんがそんなこと言うの？」

「だってほんとのことですから。あの遠矢ってやつは悪人なんです！」

「やーもう。あたし、そうやって陰口叩く人とか好かんし。大体、遠矢さんは指輪なんかしてないよ。中之条くん、相手が有名人だからって嫉妬してない？」

「指輪なんか外せばいいだけでしょ。僕はただ――」

「あのね、中之条くん」

気勢をいなすように由加が吐息をひとつ挟んで続けた。

「人の幸せに茶々入れるより一緒に喜んでよ。中之条くんにも覚えあるでしょ？　恋愛が始まるか始まらないかくらいの頃の独特の高揚感。あたしもさ、なんだかんだで仕事忙しくて、最近すっかり忘れてたから……そういう気持ち。ひさしぶりに思い出して今は毎日に張りがあるっていうか」

「や、だけど」

「とにかく、あたしは噂に惑わされておたおたするの、イヤ。あんまり遠矢さんのこと悪く言わないで」

そんなふうに毎回、中之条の忠告は由加の機嫌を損ね、ときには激しく立腹させてしまうのだった。これはもう、いくら正攻法で忠告しても逆効果だろう。

かといって、身近な誰かに代わりに言ってくれるように頼んでも、「どうせ中之条くんに頼まれたんじゃないの？」的に見抜かれるかもしれない。

なんとか自分の関与を悟らせずに、由加に忠告する方法はないか？

「――延々と考えてるうちに、ふと閃いたんですよ。少し前にかっぱ橋の道具街でオリジナルの焼き型を売ってる店を見つけたんです。面白い形が色々あって、いつか使ってみたいと思ってたんですが――それとリンクして、小学生の頃に読んだシャーロック・ホームズの児童書を思い出したんです。『おどる人形の暗号』っていう話がありまして。そうだ、だったら踊る人形焼暗号を作ればいいんだと思って」

「それでか……。いい発想力してるじゃねえか」

栗田は軽く眉を持ち上げて思い出す。

シンガポールから来た卓也のかまぼこ探しの途中で、中之条に出くわしたが、そのとき彼は確かこんなことを言っていた。

――「かっぱ橋に行くだけです。ちょっと欲しい調理器具があって」

あれは人形焼の焼き型の件だったのだろうか。

「高かった？」栗田は尋ねた。

「へへ。それが店の人に相談したら、在庫処分で古い焼き型を格安で売ってくれるって言うんですよ。だから暗号に使えそうで、なおかつ安いものだけを少しずつ買い集めていきました。そんなわけで、じつは限られたメッセージしか作れないんです」

「そっか——最初から全種類が揃ってたわけじゃなかったんだな」

そういうことなら時期も合う。中之条なりに知恵を絞って工夫したに違いない。

「でも、結果としてはこれが一番よかった気がします……。葵さん、出来の悪い暗号の解読、ほんとにありがとうございました」

中之条が礼儀正しく礼を言い、「いえいえー」と葵が胸の前で手を振る。

「解読しなきゃいけないと真剣に思わせてくれたからこそ、解けたんです。中之条さんの由加さんへの思いやりの深さが効いたんですよ」

葵の言葉に、「ですよね！」と中之条が親指を立てるので、栗田は思わず鼻白む。

だがそれは中之条なりの照れ隠しだったらしい。

「ほんとにね、別にその気があるわけじゃないけど——由加さんって、もっと報われてもいい人だと思うんです。もちろん欠点がないわけじゃないけど、性根は優しいし、人間愛のある人ですよ。なのに、どうしてあんな男に引っかかっちゃうんだろう。傷つくの、見たくないなぁ……」

中之条がそう言って俯く。沈黙が黒々とした雨雲さながら厚く垂れ込めた。

やがてそれを振り払うかのように葵が口を開く。

「栗田さん——」

「ん。わかってる」

栗田は決意を持って言った。

「待っててくれ。由加には俺から伝える」

＊

口の中にあるときは馥郁《ふくいく》たる美味。嚥下《えんか》すると心地よい浮遊感を与えてくれる。

だが、その幸福感に度を超して溺れた翌日には一転して心身を苛《さいな》み、己の愚かさを思い知らせてくれる意地の悪い飲み物。それは――。

頭の中のメモ帳へ惰性的に文章を書きつけながら、八神由加は頰杖《ほおづえ》をついて額を押さえていた。

「うー……。もう午後なのに、まだ体だるい」

「もっとお水、もらってきましょうか？」

テーブルの対面で葵が心配そうに言った。

「や、水は大丈夫。飲みすぎて、まだおなかの中、たぽたぽだし」

日差しがやけに眩《まぶ》しい、とある平日の午後。栗丸堂のイートインのテーブルで由加と葵は世間話をしていた。今回の件が解決したお祝いにご馳走を振る舞うと栗田から連絡が来たから、できあがるのを待っているところなのだ。少し離れた窓際の席では浅羽怜が由加と同様、だるそうに眉の横を押さえている。

　――栗くんみたいに、途中からポカリに切り替えればよかったかなぁ。

　明け方まで皆に付き合い、解散後はそのまま和菓子屋の仕事に移行するのだから、栗田のタフネスはさすがだ。彼に比べて自分は――。

「……十代のときと比べて、体力落ちたかも」

　軽く溜息をつき、由加は昨夜の夢のような出来事にぼんやりと思いを馳せる。

　夕食後のことだった。由加が自分の部屋で何気なくSNSをチェックしていると、栗田からLINEのメッセージが届いた。栗田の方から連絡が来るのは珍しい。

『今いいか？　俺、外にいるんだが』

　栗田らしい簡潔すぎて、やや言葉足らずなメッセージ。玄関から外に出てみると、確かに近くの電柱のそばに栗田がいた。大きな封筒を抱えた彼が由加の姿を見て片手を上げる。

「おう由加。よかったらその辺、少し散歩しねえ？」

「急になんなの、栗くん？」

「その……話があってさ」

「いいよ。ちょっと待ってて！」

由加はいったん家に戻ってブルゾンを羽織ると、簡単な書き置きを残して夜の散歩に出かけた。

話があると言いつつ、栗田はずっと口を閉ざしたままだ。普段とは雰囲気がかなり違う。活気に満ちた夜の浅草をふたりは無言で歩き続け、まもなく隅田《すみだ》公園《こうえん》に出た。

今夜は静かだ。夜の川面《かわも》に色とりどりの光が映り、絶え間なく揺れている。

春には優美な花を咲かせる大きな桜の木のそばに移動すると、栗田が由加に向き直った。思わずはっとするほど真剣な顔だった。

「……あのさ、由加」

「なに？」

「悪い。突然なんだよと思うかもしれないけど」

「どしたん？　栗くんらしくない。いいよ、遠慮しなくて」

「や、なんつーか、その……」

「こんなに思わせぶりなんだもん。ハピハピな話じゃないのはわかってる。心の準備できてるよ。遠矢さんのことでしょ？」

由加の言葉に、栗田は心底ぎょっとしたふうに目を見張った。

「なんでわかった？」

「や……。別にわかってなかった。勘で言ってみただけ。でも——そっか。あたしの勘って、当たってほしくないときは大抵当たるんだよなぁ」

由加は自然と眉根が寄るのを感じつつも、無理やり笑顔を作った。栗田も辛《つら》そうに、抱えていた大きめの封筒を由加に差し出す。

「なにこれ？」

「ん、興信所の調査の報告書。遠矢弘幸さんのことを調べてもらったやつ」

「興信所——」

だったら浮気調査やら素行調査やら、その手のものかと由加は考えた。封筒から書類を出してめくっていくと、案の定、知りたくなかったことが多々記載されている。

遠矢弘幸は既婚者で、結婚生活は既に五年目。夫婦仲は表面的には円満。

だが彼には浮気相手がいる。

中でも由加が驚いたのは、その相手が二名もいたことだ。もちろん由加は含まれていない。なにも知らないままなら、自分は三人目になるところだったのか。

——あーあ。中之条くんの言ってたとおりだ。

明日ちゃんと謝らないと、と由加は思うが、そんな思考とは関係なく、視界が濡《ぬ》れて滲んでいく。やがて眦《まなじり》から涙がぼろっとこぼれ落ちた。

「……なによぅ。なんなん、これ」

呻くような声が漏れる。

「どれだけエネルギッシュなのよ？　同時に三人と浮気しようとするって……。わけわからん。これもう、笑いが取れるレベルでしょ」

もちろん笑えるわけがない。度を超した遠矢の放蕩《ほうとう》ぶりに心を滅茶苦茶に抉《えぐ》られ、顔をしかめて由加は涙を流す。そうすることしかできなかった。

「なんだよぅ。軽く見て……安く見やがって」

「由加」

「悔しいよぉ……」

「ああ……俺も――」

間近に立つ栗田も、どんな言葉をかけていいのかわからない様子だった。こんなに苦しそうな彼の顔は今まで見たことがない。栗田は唇を血が滲むほど強く噛み、拳を握って体をぶるぶる震わせている。

その姿は、由加の心の何割かを確実に救ってくれた。

誰よりも強い、あの栗くんがここまで——。

正論じみた慰めの言葉はできれば聞きたくなかったから、ただ無言で悲しみを分かち合ってくれる彼の姿勢と気持ちが心の底まで染みた。

怒り、悲しみ、恨み、落胆、そして幼馴染への感謝——。

いろんなものがないまぜで、頭の中がぐちゃぐちゃだ。

どれだけ長い間、感情の万華鏡を回転させていただろう。暗闇の中、ふたりが無言で佇んでいると、やがて遠くから近づいてくる痩身のシルエットが目に入る。

それは意外な人物だった。えっと驚いて、由加の涙も一時的に止まる。

ひらひらした派手な服に身を包んだ気怠げなその青年は、浅羽怜だった。

「はぁーい」

栗田と由加の近くまで来ると、浅羽は緩慢に片手を振って言う。

「元気？」

「……んだよ、浅羽。なにしに来たんだ？　つーか、よくここがわかったな」

栗田が「偶然？」と尋ねた。

「そんなわけないじゃん。単細胞生物のミドリムシ栗田が大事な話をするときは、浅草寺の境内か、隅田公園が定番って誰でも知ってんの。あと、中之条がこまめに情報提供してくれるからさぁ。たぶん打ち明けるのは今夜くらいかなって」

浅羽はアンニュイな態度で毒舌をふるい、肩をすくめて続ける。

「頭が道端の石ころより固い栗田じゃ、由加の心のケアとかできないでしょ。まぁ、やれるだけのことはやったみたいだし？　後は女慣れしてる俺が、失恋に効く万能の言葉で癒してやるよ」

「失恋に効く万能の……？　そんなのがあるのか」

栗田は戸惑っていたが、「確かに、俺は少しだけ……ほんの少しだけだけど、女心に疎いところがあるからな。今回は大事を取るか」と不本意そうに呟いて続ける。

「悪い、浅羽。だったら頼む」

「ふーい」

任せておけと言いたげに浅羽は由加の間近へ歩み寄った。整った美形を真正面からこちらに向けて、驚くべき万能の言葉を解き放つ。

「由加ぁ――」

「な、なに？」

「飲みに行くぞ」

「……え？」

思わず口を半開きにする由加に浅羽は語った。

「こういうのはぁ、まともに考えるだけ時間の無駄。だって相手が正真正銘のカス野郎なんだもん。由加はキッチンが汚くなったとき、汚れのことを真剣に悩む？　普通に洗い流すだけでしょ？　それと一緒。お酒飲んで、どんちゃん騒ぎして、きれいに頭から洗い流すのが一番いいんだよ」

由加は浅羽のその発言を聞き、「この人、じつは残念なイケメンだったの……？」と思わなくもなかったが、栗田以外の人間にはわりと素っ気ない彼が、長々と力説してくれたことが嬉しかった。

「ん。じゃあ……飲み、行く？」

「ノリいいじゃん。さすが由加」

浅羽がぱちんと指を鳴らし、スマートフォンを取り出して続けた。

「じゃあマスターに電話して、店開けさせるよ。じつはこのためにワインと日本酒とウイスキーを持ち込んであるんだよねぇ。あ、途中のコンビニでビールも買っていこうか。足りなくなって途中で買いに出るのもだるいし」

「……どんだけ飲む気だ」

栗田が少し呆れた声色でこぼす。

「ふたりとも――ありがとね！」

由加は涙を拭って微笑んだ。

それから由加たち三人は、マスターの喫茶店にそそくさと移動。特別に店を開けてもらい、貸し切り状態のそこで思いきりお酒を飲んだのだった。

「ぷはーっ」

「おい由加、そんくらいにしとけって……」

栗田がスポーツドリンクを片手にやんわり止めても、

「まだまだ発散したりないー！　あたしの純情を返せ、遠矢のバカヤロー！」

酩酊《めいてい》した由加は威勢よく、そんな言葉を叫び続けたものである。最後は勢いでカラオケまで歌っていたような――。

とはいえ、一夜明けた今、混沌《こんとん》とした感情は緩やかに忘却の霧の彼方へ消え去りつつある。浅羽の言ったとおり、すべてはアルコールの力で浄化されるのだろう。

今の由加は気分的には既に吹っ切れている。中之条にも、ここに来た最初のタイミングで素直に謝罪することができた。後はきっと時間が解決してくれる――。

日射《ひざ》しのやけに眩しい午後、栗丸堂の店内のテーブルで由加は対面の葵に、

「なんでも消毒してくれるんだよね、アルコールって……」

あたかも悟りきった大人の女のような口調でそう言い、彼女をきょとんとさせた。

異変が起きたのはその直後だった。ふいに店の扉が開き、つかつかと中に入ってくる者がいる。

由加の背筋に悪寒が走った。――遠矢弘幸だった。

「由加さん、やっぱりここだったか」

遠矢は足早に由加に近づいてきて続けた。

「栗丸堂って店にいるかもしれないって商店街の人に教えてもらってね。でも何事もなさそうで安心したよ。あんな変なＬＩＮＥを送られたら、さすがに不安になる」

「なんのことですか？」

意味不明の言葉に面食らった由加が尋ねると、「いやだな。とぼけないでくれ」と遠矢は微苦笑する。

「俺と別れるとかどうとか、妙なメッセージをくれたじゃないか。夜中の――いや、今日の明け方近くに。おかげでずっと心配だったんだ」

由加ははっとして、バッグの中からスマートフォンを取り出そうとした。

だが入っていない。どうやら自分の部屋に置き忘れたようだ。

――あー……やっちゃったのか。

そういえばおぼろげに記憶がある。酔った勢いで、長文の別れ話を夜明け頃に送りつけたような——否、今の状況を鑑みるに実際に送ったのだろう。

しかし、だったら手間が省けたというもの。由加は覚悟を決めて口を開く。

「遠矢さん。あたしたちって、もともと正式に付き合ってるわけじゃないですよね。すみませんが、ご縁はここまでにさせてください」

由加の突然のきっぱりした物言いに、遠矢はかなり戸惑った様子だった。

「おいおい、あれは寝ぼけて送ったメッセージじゃないのか？　どうして急に別れようだなんて……。嘘だろう、由加さん？」

白々しくも傷ついたような態度でそう言われ、由加の口から平板な声が漏れる。

「あたし、奥さんがいる方とは付き合えませんから」

刹那、遠矢は顔を強張らせて言葉に詰まった。

わずかな間を置いて硬い声を出す。

「……なんのこと？」

「調べてもらったんです。興信所の調査結果にしっかり既婚って書いてありました」

決定的なその言葉に、遠矢の右頬が微弱に引きつった。

「興信所……」

嘘がばれたときの男性の反応にはいくつか種類があるという。由加の経験では急に饒舌《じょうぜつ》になって話題を逸らす者か、黙り込む者が多いが、遠矢はどちらでもなかった。

「――だから？」

「きゃっ」

いきなり遠矢が由加の手首を強く摑んだ。

「それって言うほど大事なことか？　大切なのはお互いの気持ちだろう？」

「ちょっと、痛い……」

由加は思わず少し怯《ひる》む。遠矢は物理的な力に訴えるタイプのようだった。

「由加さん、きみは本当に俺好みの人なんだ。話し合おう。こんな店じゃなく、ふたりだけで話せる場所で――」

「行きたくない！　離して」

この瞬間、由加ははっきり悟っていた。自分はもともと遠矢を好きでもなんでもなかったことに。むしろ苦手だ。ただ誘われ、求められているという構図に心地よさを見出していただけだったのだ――。

遠矢に手首を強く引かれた由加が無理やり椅子から立ち上がらされ、近くの葵や浅羽が目の色を変えたとき、落ち着き払った声が響く。

「お客さん。他の方の迷惑なんで、店内での乱暴はご遠慮願えますか」

作業場の暖簾をくぐって栗田が出てきた。

この修羅場にもまったく動じずに近づいてくる栗田を見て、由加は途轍もない安心感を抱く。だが当然だ。栗田は数多《あまた》の修羅場をくぐってきた元伝説の不良。揉め事では格が違う。

「えーと……栗田くんだっけ。これは俺と彼女の問題だから、邪魔しないでほしいですね。和菓子屋なんかの出る幕じゃないんです」

「和菓子屋の中なのに？」

ごく真っ当な栗田の返しに、遠矢は頬肉をひくっと震わせた。

「……あのね。知ってると思うけど、俺はＳＮＳで強い影響力がある。楯突《たてつ》かない方が得ですよ。あの店の職人の腕が悪いって俺が呟けば、世間の人はみんなそう思うんだから」

「他人のことを舐《な》めすぎじゃないですか？」

「わからないやつだな――いいからどけ！　俺は時代の寵児《ちょうじ》だ。価値が低い下町の女を上へ引き上げてやろうってんだよ」

ふいに栗田の双眸が鋭い光を放った。

「由加の価値が低い……？」

栗田がぼそりと呟き、しばしの沈黙の後に再び口を開く。

「――テメエにそんなこと言われてたまるか！」

巨大な火山が爆発したような気迫が弾けた。

怒鳴られた瞬間、遠矢は由加の手を離して飛び上がり、爆弾で吹き飛ばされたように床に尻餅をつく。指一本触れられていない。栗田の苛烈な怒りに驚き、反射的に身を引きすぎた結果だった。

静かな迫力をたたえて栗田が続ける。

「……あんたは由加を心の中では下の存在だと見なして、だから遊び相手に選んだ。でもな、本当に下等なのは、人に優劣をつけてるあんた自身の心なんだよ。俺は下町のやつらが好きだ。由加は浅草の家族みたいなもんなんだ。今度、俺の大事なやつを馬鹿にしてみろ。――一生後悔するぞ」

すさまじい眼力で睨みつけられた遠矢は、ぴくりとも動けない。

それはまるで蛇に睨まれた蛙《かえる》――いや、古代の肉食恐竜に見下ろされる蛙のような光景だった。生物としての根本的な力がまったく違う。

やがて遠矢はがちがちと歯を鳴らしながら、涙を流し始めた。

「すいませんでした……本当にすいませんでしたぁっ！」

「もう二度と由加には近づかないでくれるか」

「はい！」

「悪いな」

栗田が手を貸して遠矢を立たせる。壊れたロボットのように何度も謝罪しながら、遠矢はまたたく間に店から逃げていった。

「ふう」

嘆息する栗田に、由加は燃えるように熱くなった胸を押さえて声をかける。

「ありがとう、栗くん……。おかげで助かった――あたしの心も」

「そっか。だったらまぁ、よかったんじゃね？　とんだ邪魔が入ったけど、ちょうどご馳走するものができたところだから。今からが本当のお楽しみタイムだから」


五分後。栗丸堂のテーブルの中央には大きな皿が置かれ、そこには桜の花の形をした人形焼が、数え切れないほど豪勢に盛られていた。

「うわぁ、桜満開！　栗くんがご馳走したいものって、これのことだったんだね」

テーブルで由加が喜びの声をあげると、栗田が無愛想に腕組みをして言う。

「ま、俺も和菓子職人だからな。この店で人形焼は扱ってないけど、作ってみたいとは思ってた。今回の事件の締めにもぴったりだろ」

「はは……。すみません」

テーブルの横に立つ栗田の隣で、中之条が後頭部を掻いて続ける。

「色々と紆余曲折ありましたけど、最後はね。やっぱり人形焼にいいイメージを持った状態で終わってほしくて、栗さんに頼んじゃいました」

「ん。中之条から借りた焼き型、桜は普通に穏当なデザインだったからな。もみじ饅頭があるなら、桜の人形焼もありだろ」

「ありあり！　ありがとね、栗くん中之条くん。あたしの気分も春爛漫《らんまん》！」

由加が明るく言うと、栗田と中之条は無言で嬉しそうな視線を交わした。

「じゃあ早速いただきます」

「やー、はいー、いただきますー」

由加に続いて葵もそう言い、いつのまにか同じテーブルについた浅羽も「じゃあ、ごちになるよ」と挨拶する。

小さな桜の人形焼をつまんで、由加はひょいと口に入れた。

「……ん！」

まだ仄かにあたたかい。歯を立てると香ばしい生地がさくっと破れて、ほっとする甘さの餡と混ざり、舌の上に広がる。

しっとりと練り上げられた、小豆の風味が豊かな餡だ。作りたてで表面がさくさくの薄い皮と、柔らかい餡の食感の対比が心を躍らせる。

飲み込むと、おなかの中にはほっこりと優しい感触が残った。

ああ——と由加はなぜか泣きそうになる。

うまく言葉にできないが、下町の味だ。

幸せそのものだった子供の頃を思い出す、懐かしい下町の味だと思った。

「由加」

栗田が少し横を向いたまま、ぶっきらぼうに続ける。

「元気出せよ。ここにいるやつ、みんなお前の味方だから」

それに便乗するように中之条が「いつでも助けになりますよ！」と拳を握った。

「由加ならその気になれば、男くらいすぐ見つかるでしょ。意外とファン多いし」

浅羽が人形焼をぱくつきながら、涼しげな顔で片手をひらひら振る。

「わたしも由加さんのこと、大好きですよ」

葵も屈託のない微笑みを浮かべてそう言い、

「お望みなら、あたしが合コンのセッティングしてやろうか？」

販売担当の志保まで、そんなことを言いながら話に加わってくる。嬉しいような恥ずかしいような贅沢《ぜいたく》な時間。自分はなんて素敵な仲間に恵まれているのだろう。

「ありがとう、みんな……。あたし、浅草一の幸せ者だよ！」

由加は笑顔でそう言うと、美味しい人形焼を口いっぱいにほおばったのだった。

＊

雷門通りのアーケードの下をふたり並んで歩いていくと、やがて広い青空とスカイツリーと、ビルの上で輝く金色のオブジェが見えてくる。

人形焼を食べ終わって皆が解散した後だった。葵が今日はそろそろお暇《いとま》するというので、栗田は店番を志保に任せ、駅まで送ることにしたのである。

葵はとくに用事があるわけではなく、昨日由加たちに付き合って徹夜した栗田の体調を案じて遠慮しただけのようだ。だったら多少の寄り道は問題ない。

「あのさ葵さん。もう少し歩かねえ？」

「いいですよ。今日はまだ時間も早いですしねー」

駅前の横断歩道を渡って吾妻橋のたもとの階段を下りると、隅田川《すみだがわ》沿いに遊歩道が伸びている。花壇も設けられていたりして、散歩には気持ちのいい場所だ。

晩秋の陽光を反射してちらちら光る川面を横目に、栗田と葵はゆっくりと歩いた。

やがて静かに深呼吸した後、栗田は隣を歩く葵に話しかける。

「……川沿いだと、やっぱ空気が涼しいな」

「ほんとですね」

「それでなくても最近は朝とか夕方とか寒いくらいだし」

「やー、冬の足音が駆け足気味に聞こえてますすよ。冬来りなば春遠からじ。春来りなば夏遠からじ。こうして歳月は矢のように過ぎていくんですね……」

「って、ちょい待った！　そこまで駆け足になる前にさ。俺、一年の節目にはしたいことがあって」

「なんですか？」

不思議そうに尋ねる葵に顔を向けると、栗田は腹部に力を入れて彼女と目を合わせた。内心の緊張が伝わったのか、はっとしたように彼女が足を止める。

銀色に輝く午後の隅田川を背景に、ふたりは真剣な表情で見つめ合い、やがて栗田は赤面しつつも毅然と口を開く。

「葵さん！」

「な、なんでしょうっ？」

「今度、俺と——初詣に行かないか？」

一瞬、沈黙の天使が通り抜けた。ややあって葵が何度もまばたきしながら呟く。

「えーと、初詣ってお正月の？」

「ああ。……駄目かな？」

唐突気味だったかもしれないが、栗田の中では以前からあたためられていた言葉だった。栗丸堂の営業再開日に可憐な和服姿で来てくれた彼女を見て以来、ずっとだ。

本当はあのときから何度も尋ねようとしていたが、そのたびに思いがけない出来事が起きて機会を逸してしまった。

だが、もう遠慮も我慢もする必要はない。栗田は続ける。

「もちろん無理にとは言わないけど……」

「いえいえ、無理じゃないですよ。全然構いませんけどもー」

葵が眉尻を下げて少し困ったように微笑みながら、

「でも、どうしてですか？　神社とかお寺とか、わりと一緒によく行ってるような。

やっぱりこう、新年ってところに拘《こだわ》りがあるんでしょうか？」と尋ねた。

「や、拘りではない」

真顔で突っ込みを入れた後、栗田はためらいながらも懸命に言葉を振り絞る。

「その……初詣の後、できればその流れで、葵さんの家の人に会ってみたくて」

栗田の言葉に、葵は大きく目を見張って呟く。

「――挨拶？」

「ん。なんだろうな……。交際してることを知らせたいとか、認めてほしいとか、そういう意図じゃなくてさ。えっと……なんて言ったらいいいんだ。俺ってじつは、葵さんの家族のことをなにひとつ知らないんだよ。葵さんが今ここにいるのは見えるし、知ってるけど、それでも時々こう、一瞬、夢みたいに思えることがあって」

「あぁ――」

「葵さんの親なら相当すごい人たちなんだろうし、正直少し怖えよ。ただ俺――それでもやっぱり葵さんのこと、もっと知りたいんだ」

勇気を奮い起こして栗田が告げると、葵は思いを嚙み締めるように両手で自分の胸を押さえる。

「そういうことだったんですね……」

「ん。厳しいかな？」

不安を押し殺して栗田は尋ねた。

すると、ふいに葵はにっこりと屈託のない笑顔を返す。

「やー、厳しいことなんかなにもないです！　わたしは純粋にすごく嬉しいですよ。思えば今までわたしだけが栗田さんの事情を隅から隅まで知ってるみたいで、フェアじゃありませんでした。任せてください。うちの家族と栗田さんが楽に触れ合える、なにかいい方法を考えておきます」

「葵さん――」

歓喜で視界がぱっと晴れ渡った。栗田は胸に思いきり息を吸い込んで告げる。

「ありがとう！　頼む」

「頼まれましたー」

興奮気味に頬を紅潮させながら葵がうなずいた。

きっと自分も同じような状態なのだろう。顔がとても熱いから――と栗田は考えながら、恍惚《こうこつ》とするような喜びとわずかな不安を、まるごとすべて心身に受け入れる。

少しずつ――どんなものでも、とどまることなく変化している。

この先になにが待っているのかなんて、誰にもわからない。

選択が正解か不正解かなんて、誰にもわからない。

しかし今このときは未来に希望があると確信できる。今後もそう思える自分たちでありたいと栗田は心から思った。

あとがき

こんにちは、似鳥航一《にとりこういち》です。前巻は「いらっしゃいませ」とタイトルで謳《うた》いつつも栗丸堂の出番がほぼなかったので、今回やっと栗田の口を借りてその言葉を言うことができ、ほっとしているところです。

さて、今回は茶道のお菓子の話から始まって、舞台は途中で関西へ。となると京都の美しい京菓子の数々が頭をよぎるところですが、栗丸堂のテーマは下町の和菓子なので今回は見送り、最後の話では再び浅草に舞台を戻して親しみやすい人形焼を主軸に据えています。

僕の中で人形焼は東京下町土産の代表格。初めて食べたのは小学生の頃です。確か父方の祖母が旅行先で買ってきてくれまして、でもそのときは、うーん、人形焼とはこういうものかという印象で、いまひとつ子供心に響きませんでした。

ただ、後に東京に住むようになり、ふとした機会に老舗のできたての人形焼を食べて驚きました。こんなに美味しかったのかと目が覚める思いでした。子供時代の思い出や遠い日の祖母の姿が胸に甦り、遅ればせながら心に響いたものです。人はこういった大きな時間の中ですれ違ったり、通りすぎて長年経ってから相手に共感したりする、記憶の生き物なのでしょう。なにはともあれ、楽しんで頂ければ幸いです。

以下より謝辞になります。今回も素敵なイラストを描いてくれたわみずさん。丁寧な仕事をしてくれた編集者さんと校閲者さん。遊び心のある意匠を施してくれたデザイナーさん。そしてお付き合いしてくれた読者の皆様、ありがとうございました。

このあとがきを書いているのは二〇二〇年の六月。新型コロナウイルス感染症の拡大で、世界は大変な状況に置かれています。もちろん日本もそうです。

ただ歴史上、どんな苦境に陥っても我々は諦めて自棄《やけ》になるようなことはありませんでした。そうでなければ今ここにいないでしょう。心優しく粘り強いのが日本人の美点。この先どうなるのか極めて不透明な状況ですが、和の心を持ち、その時々で最善だと思われる行動を根気強く取り続けることで、いつもの日々を取り戻せると信じています。

それではまたお会いしましょう。

似鳥航一

<初出>

本書は書き下ろしです。

この物語はフィクションです。実在の人物・団体等とは一切関係ありません。

◇◇メディアワークス文庫

いらっしゃいませ 下町和菓子《したまちわがし》 栗丸堂《くりまるどう》2

聖徳太子《しょうとくたいし》の地球儀《ちきゅうぎ》

似鳥航一《にとりこういち》

2020年8月25日　初版発行
2024年3月10日　5版発行

発行者　山下直久
発行　株式会社**KADOKAWA**
〒102 - 8177　東京都千代田区富士見2 - 13 - 3
0570-002-301（ナビダイヤル）
装丁者　渡辺宏一（有限会社ニイナナニイゴオ）
印刷　株式会社KADOKAWA
製本　株式会社KADOKAWA

Printed in Japan
ISBN978-4-04-913369-1 C0193

メディアワークス文庫　https://mwbunko.com/

本書に対するご意見、ご感想をお寄せください。

あて先
〒102-8177　東京都千代田区富士見2-13-3
メディアワークス文庫編集部
「似鳥航一先生」係

◆◇◇

メディアワークス文庫

お待ちしてます

下町和菓子 栗丸堂

甘味処 栗丸堂

似鳥航一

1〜5

下町の和菓子は
あったかい。
泣いて笑って、
にぎやかな
ひとときをどうぞ。

どこか懐かしい
和菓子屋『甘味処栗丸堂』。
店主は最近継いだばかりの
若者で危なっかしいところもある
が、腕は確か。
思いもよらぬ珍客も訪れる
この店では、いつも何かが起こる。
和菓子がもたらす、
今日の騒動は?

発行●株式会社KADOKAWA

そして、その日まで君を愛する

似鳥航一

読む順番で変わる読後感！
愛と幸福の物語はこちら。

　十二歳の夏を過ごしていた少年・嵯峨愁。しかし、彼はあるとき“心”だけが三十年後に飛ばされ、将来生まれるという自分の息子・ナツキの少年時代の心と入れ替わってしまう。

　途方に暮れる愁に、そっと寄り添う不思議な少女・雪見麻百合。彼女にはある秘密があって──。

「偶然じゃなくて、運命なのかもしれませんよ？」

　長い長い時を超えて紡がれる大きな愛の回想録。

　──物語は同時刊行の『あの日の君に恋をした、そして』に続く。

おかえりの神様

鈴森丹子

奇跡も神通力もないけれど、
ただ“そばにいてくれる”。

就職を機にひとりぼっちで上京した神谷千尋だが、その心は今にも折れそうだった。些細な不幸が積もり積もって、色々なことが空回り。誰かに相談したくても、今は深夜。周りを見回しても知り合いどころか人っこひとりもいない。

……でも狸ならいた。寂しさのあまり連れ帰ってしまったその狸、なんと人の言葉を喋りだし、おまけに自分は神様だと言い出して……??

『お嬢、いかがした？　何事かとそれがしに聞いて欲しそうな顔でござるな』

こうして一日の出来事を神様に聞かせる日課が誕生した。

“なんでも話せる相手がいる”、その温かさをあなたにお届けいたします。

なるほどフォカッチャ

ハリネズミと謎解きたがりなパン屋さん

鳩見すた

“フォカッチャ”が導く おいしい謎解き物語。

「人の秘密はそっとしておかなければならないんです。膝の上に乗ったハリネズミみたいに」

いつも無表情な麦さんは“ささいな謎”を愛する、ちょっと不思議なパン屋の店員さん。

彼女の貴重な笑顔に一目惚れして以来、毎日せっせと謎を探しお店を訪ねる僕。パンとコーヒーと“ハリネズミ”とともに、今日も僕らのおいしい謎解きが始まる——。

“なるほどフォカッチャ”。それは「僕と彼女」を結び、「日常の謎」を紐解く魔法の合言葉。

秘密結社ペンギン同盟
あるいはホテルコペンの幸福な朝食

鳩見すた

**ペンギンたちが営むホテルの
おいしい世直し物語。**

望口駅前に建つ「ホテルコペン」は朝食ビュッフェが評判な、真心溢れるおもてなしの宿——というのは表の顔。その正体は、人間に進化したペンギンたちの秘密結社【ペンギン同盟】の隠れ蓑だった！

ひょんなことから、そんなホテルのベルガールとしてスカウトされた犬洗ライカは、組織の“裏の仕事”も手伝うことに。武器はかわいさと善意、内容は無償の人助けというが、彼らの本当の目的とは一体——。

６羽のクールなペンギンたちがあなたの心もお腹も満たす、痛快・連作ミステリー。

第26回電撃小説大賞《選考委員奨励賞》受賞作

そして、遺骸《ゆいがい》が嘶《いなな》く ―死者たちの手紙―

酒場御行

戦死兵の記憶を届ける彼を、人は“死神”と忌み嫌った。

『今日は何人撃ち殺した、キャスケット』

統合歴六四二年、クゼの丘。一万五千人以上を犠牲に、ペリドット国は森鉄戦争に勝利した。そして終戦から二年、狙撃兵・キャスケットは陸軍遺品返還部の一人として、兵士たちの最期の言伝を届ける任務を担っていた。遺族等に出会う度、キャスケットは静かに思い返す――死んでいった友を、仲間を、家族を。

戦死した兵士たちの“最期の慟哭”を届ける任務の果て、キャスケットは自身の過去に隠された真実を知る。

第26回電撃小説大賞で選考会に波紋を広げ、《選考委員奨励賞》を受賞した話題の衝撃作！